目次

第1話　青山骨董通りのダイヤモンドをごらんいただけますか？　7
第2話　ロマノフ王朝からの贈り物って？　68
第3話　癒しの赤い海へおいでになりませんか？　122
第4話　天空の蜜はどこに？　177
あとがき　248
付録　宝石についてのQ&A　252

本書はハルキ文庫の書き下ろし作品です。

第1話　青山骨董通りのダイヤモンドをごらんいただけますか？

1

「どこに住んでるの？」

大学生の頃、女友達に訊《き》かれて、

「青山――」

そう答えると、

「わ、おしゃれ、すごーい。芸能人みたい。すぐ先は六本木だし、ヒルズやミッドタウンもそばでしょ。いいな、いいな」

しきりに羨《うらや》ましがられたものだったが、

「一度、遊びに行っていい？」

「いいよ」

しぶしぶわたしが頷《うなず》くと、

「ラッキー」

小躍りして喜んだ女友達たちは、「ええっ？　こんなとこぉ？　庭にハーブ？　悪かないけど、これじゃ、都心から離れたうちの実家と変わんないね。イケてないなあー」

想《おも》い描いていた夢に破れて、二度と訪れようとはしなかった。

青山骨董《こっとう》通りの裏手には、民家の一隅を店舗に改築したブティックやカフェがぽつぽつと立ち並んでいる。

わたしの家もそんな住まい兼店舗の一つであり、左の門木戸がキッチンやリビングのある我が家へとつながり、右の古びた門木戸は訪れるお客様を待って、慎《つつ》ましく、〝相田《あいだ》宝飾店〟と刻まれている。

ここに二十五歳になったわたしは、七十六歳の宝石職人のお祖父《じい》ちゃん輝一郎《てるいちろう》と長年二人で暮らしている。

お祖父ちゃんはお客様の応対から、デザイン、加工まで一人でこなし、わたしは自転車を飛ばせば十分で行ける、インターナショナル・ブルーホテル東京で働いていた。

それが去年の十月までのことである。

突然、わたしはリストラに遭い、さらに長きにわたってお祖父ちゃんのお得意様だった老姉妹の立て続いた死で、納めるはずだったジュエリーが宙に浮いてしまい、相田宝飾店は二千五百万円、材料費だけでも目が眩《くら》むような、多額な負債を負うことになった。

そして、高価な材料を都合してくれたジュエリーマンバラに、住み慣れた家を渡し、わ

たしたちは路頭に迷う羽目になりかけたのである。

「そろそろクリスマス商戦に乗り出さなければなりません」

今年、十月一日のスタッフミーティングで小野瀬《おのせ》さんが切り出した。

長い話を端折《はしょ》って説明すると、小野瀬実人《さねと》さんはジュエリー経営コンサルタントで、おじいちゃんからの依頼で、相田宝飾店再建のために、やってきたのである。

秘策は元手がかからない、委託ジュエリーのネット販売で、相田宝飾ネット店は、売値の一割を委託料としていただくシステムである。

ジュエリーのネット販売をチェックする人たちは、ジュエリー好き、ジュエリー通とあって、売りたい人、買いたい人は増えることはあっても、減ることはなく、大繁盛となった。

ただし、ダイヤモンドより高い、千万単位の大きなパライバトルマリンを扱って、相応の委託料が入ってくるようなことは、偶然の運に過ぎない。たいていは薄利なのである。

借金のうち、いくらかは返済できたが、期限とされた半年間では完済にはほど遠かった。延滞料を払うからという条件で何とか返済期限をのばしてもらったので、全部で千九百五十万円になっている。

「クリスマスは日本人が一番ジュエリーを買いたくなるイベントなのですから、かき入れ時です」

小野瀬さんは声を力ませた。

小野瀬さんは、三十歳を少し過ぎたぐらいで、ひょろりと背が高く、男にしてはやや肩

幅が狭く、女形を演じさせたら、しっくりきそうな端正な顔を、分厚い大きな眼鏡で隠している。

食べ物はコンビニ食一辺倒。特におにぎりとカップ麺《めん》、缶コーヒーやペットボトルのお茶が気に入っている様子である。

わたしは毎日、通ってくる小野瀬さんについて、お祖父ちゃんがコンサルタント代を払っていること以外何も知らない。

「おふくろが、店に出すつもりの秋らしいスパイスクッキーを焼き上げたんで試食のお届け――」

ベランダから幼馴染《おさななじ》みの新太《あらた》が入ってきた。

「ふむ、シナモンとクローブ、オールスパイスだな、いい匂《にお》いだ。紅茶を淹《い》れよう」

お祖父ちゃんはミント等のハーブよりも、パンチのきいたスパイスが好みである。早速、アールグレイよりも好きなダージリンを淹れに立ち上がった。

新太はお隣でカフェを営んでいる古賀《こが》知史《さとし》さん、温子《はるこ》さん御夫妻の一人息子である。わたしと同い年で、二人とも兄弟姉妹がいないせいか、ずっと、兄妹のように接してきた。

ラクビー部のエースだったこともある新太は、目力のない、優しいステゴサウルスのようなつぶらな目と、がっしりした長身で、そこそこ女の子たちにもてていたが、

「俺からノーなんて言ったこと、一度もないのに、どういうわけか、続かねえんだよなあ。

逃げられちゃう」

今年の春、たぶん新太はフラれたらしく、わたしは深酒につきあわされ、とりとめのない愚痴を聞かされたことがあった。

「そのうち、新太のいいとこ、見てくれる女の子、きっと現れるよ」

わたしが慰めると、

「ほんとかな」

新太はあの弱々しいステゴサウルスの目で、寂しそうにじっとこちらを見つめていた。

――わたしたちの間に何か起きていたとしたら、きっとあの時だったのだろうけど――

これはきっと、わたしの心の問題なのだろうと思う。

――あの人のあの姿さえ見なければ――

委託品のネット販売を始めて軌道に乗りかけてきた頃、利幅の大きいオリジナル商品も作って載せてみようと、小野瀬さんが提案して、お祖父ちゃんがパライバとブラックオパールの二種類を加工することになった。

ブラックオパールの入手先はオーストラリア在住で、テレビのジュエリー専門チャンネルに出演もしている鉱山主川辺《かわべ》陽介《ようすけ》さんだった。小野瀬さんとは、共に、〝石っ子賢ちゃん〟と言われた宮沢賢治好きだったことから、熱い手紙をやり取りする間柄になっていた。

これが幸いして、一時帰国中テレビ出演した際、破格の値段で、なかなかのブラックオパールを譲って貰《もら》うことができた。そのうえ、奇遇なことに、川辺さんは小学校の先生だ

った温子おばさんの教え子でもあった。幼い頃から、人一倍正義感の強かった川辺さんは、オーストラリアの環境に多大な影響を与える恐れのある会社の大株主である日本人に、直《じか》談判をすることも一時帰国の目的だった。

そんな川辺さんとの最初の出逢《であ》いは、彼が線路に落ちた子どもを自分の身を挺《てい》して助けた時であった。わたしはホームで救出の一部始終を見ていた。

わたしに甘えてきた新太はその時、こうも訊いた。

「青子、好きな奴いるんじゃね？」

「まさか――」

わたしは笑い飛ばした。

もうその頃は、川辺さんはオーストラリアへ帰ってしまっていたし、一瞬、胸がときめいたことは事実だったけれど、相手への深い想いなどではなく、単なる憧《あこが》れだったのだと、心の整理がついていた。

「もしかして、あの格好いい鉱山主？　川辺さん、あのひとは男から見ても、やること、格好良すぎだから――」

「たしかに川辺さんは素敵だったけど、彼女に立候補しようなんて思ってないよ。わたしの青子って名前、九月生まれにちなんで付けられた名でしょ。最高品質のカシミールサファイアを想わせる、高く高くどこまでも透き通った力強い青さ。わたし、あの人と知り合って、自分も少しは勇気を持たなきゃ、強くならなきゃって思ったんだ。そうなんなきゃ、

せっかくの青子の名がすたるって」

「なるほどな」

相づちを打った新太は、精一杯、目力を蓄えるべく、つぶらな瞳《ひとみ》を大きく見開いて、

「俺もメソメソしてないで、頑張らなきゃな」

しゃんと背筋を伸ばした。

「さあ、みんなひと休み、ひと休み」

お祖父ちゃんがダージリンの入ったティーカップを三人分、トレーに載せて運んできた。

「ひと休みが多すぎますが、まあ仕方がないでしょう」

小野瀬さんはアタッシュケースから、コーヒー缶を取り出すと、プシュッと音をさせた。

ティーカップが三人前しかないのには理由がある。

どんなに勧めても、小野瀬さんは滅多に、手作りのもの、温子おばさん特製のハーブチキンサンドや、お祖父ちゃんの淹れる紅茶を口にしようとはしなかった。

「コンビニ食がわたくしの性に合っておりまして――」

いい加減聞き飽きて、お祖父ちゃんも四人分の用意をしなくなったのである。

2

手作りクッキーを食べない小野瀬さんは、チビチビと缶コーヒーを飲み続けた。お皿の

上のクッキーがあと何枚かになって、
お祖父ちゃんがビニール袋に入れて、きゅっと袋の先をねじって縛ったところで、

「これは取っておく」

「さて、続けます」

小野瀬さんがこほんと一つ、わざとらしげに咳《せき》をした。

「話はクリスマス商戦のことなのよ」

わたしは聞いていなかった新太に説明をした。

「えっ？　もう？　少し早すぎるんじゃね？」

新太は目を白黒させた。

――たしかに秋も深まると、スパイスクッキーと熱い紅茶が美味《おい》しく感じられるけど、ジンジャーマンクッキーはもう少し先だわ――

温子おばさんのジンジャーマンクッキーはスパイスにジンジャーパウダーを使い、バターを菜種油に変えて、卵を加えず、伸ばした生地を人型で抜く。固い焼き上がりで日持ちも長いので、クリスマスツリーのオーナメントとして飾られる。

新太は私立大学は卒業したものの、就職はせず、時折、ハンバーガー店等でバイトをしながら、フリーターを続けている。

うちの相田宝飾店がネットショップを始めてからは、何かと手伝ってくれていて、いつしか、毎日のように顔を出すようになり、

「新太君にもバイト料を払わんといかんな」

昔気質《むかしかたぎ》のお祖父ちゃんは恐縮し、今ではスタッフの一人になっている。

新太の主な仕事はわたしの手伝いである。わたしたちは、価格鑑定のプロである、小野瀬さんとお祖父ちゃんのために、一日に百点近く送られてくる、委託品の包みを開け、ダイヤモンドとカラーストーンに仕分けする。

送られてくるジュエリーの中には、ガラス製や、本物とよく似た模造品、地金《じがね》が金やプラチナ等ではない代物も結構あって、それらについては、着払いで送り返すことになる。

これもわたしたちの仕事であった。

「ようは俺たち、下働きってことかぁ」

このところ、新太はため息をつくことが多い。

「わたしだって、社長、店長とは名前だけなんだから」

借金をしているジュエリーマンバラの意向で、返済の義務を負う相田宝飾店の代表者は、お祖父ちゃんからわたしに変わっている。

一方、小野瀬さんは相田宝飾店のネットショップを立ち上げるに際して、わたしの写真をぱしゃぱしゃと撮り、〝店長青子のお勧めコーナー〟というページを作ってしまった。

その小野瀬さんは、

「クリスマス商戦を勝ち抜くため、皆さん、これぞというアイデアを出してください」

わたしたち三人の顔を順番に見つめた。

小野瀬さんは勝ち抜くという言葉が好きなようで、一日に五回は叫ぶ。今日は、まだ一回目なので、あと四回はこの言葉でわたしたちは尻を叩《たた》かれることになるのだ。

「君、ジュエリーはお客様の夢のお買物なのだから、勝つとか、負けるとかいうのはどうかねえ」

一度、お祖父ちゃんに諌《いさ》められた小野瀬さんは、

「それはジュエリーが店売りだった頃の優雅な時代の話です。その頃は、ジュエリーは高《たか》嶺《ね》の花で、一部の金持ちだけが買えるものでした。ところが、今は、多数あるネットのジュエリー販売に加えて、テレビの専門チャンネルが大幅なディスカウントをしています。お客様は予算内での商品を、よりどりみどりで探すことができるのです。誰でも安く夢を買えれば、それにこしたことはないのです。夢を買っていただいて、勝たなければ、生き残れません」

きっぱりと言い切ったのであった。

「それにしても、まだ十月になったばかりだよ。クリスマスなんて言われてもぴんと来ないな」

新太が言うと、

「パリコレなどファッション界の秋冬コレクションは、何ヶ月も前に催されています。先手必勝、早すぎるということはありません」

小野瀬さんは確信ありげにうんと大きく頷いて、

「クリスマス商戦に向けて、わたくしなりに市場調査はしてあります。どんなジュエリーが好まれて、買われるのか――」

「やはり、ティファニーかなあ？」

ティファニー社のパッケージは、洗練の極みで、どきどきするほど華麗である。

「毎年、ティファニーの各店舗に人がひしめき合うのは、バレンタインデーの後のホワイトデーの頃です」

「ジュエリーマンバラは全国に五十以上の店舗があります。それがいっせいにクリスマスを意識した品揃《しなぞろ》えになるはずです」

ジュエリーマンバラの社長さんは、お祖父ちゃんに弟子入りしていたこともある。人のいいお祖父ちゃんは、出来の悪い職人だった弟子が、業界一の売り上げを誇る会社の社長にまで上り詰めたことを、借金の即返済を迫られるという、恩を仇《あだ》で返す仕打ちをされたにもかかわらず、心から喜んでいた。ジュエリーマンバラ贔屓《びいき》なのである。

「たしかにジュエリーマンバラには、クリスマス限定の品が多数並びます。ただし、どれもシルバーの地金で、嵌《は》め込まれている石は半貴石《はんきせき》かクリスタルです。五千円以内の商品がほとんどです。千人以上の所帯のせいで、人件費に窮々とし、ジュエリーマンバラは、もう以前のようには、豪華なクリスマス向け商品を提供できないのです」

歳月と共にシルバーは錆《さ》び付き、クリスタルは壊れかねない。

「ふーん、こないだ、通りかかって、マンバラの新宿店に入ったんだけど、千円単位のも

のも結構あったな。でも、ぴかぴかしてて、綺麗《きれい》は綺麗だったよ。ああいう感じで、ツリーに飾る、星やベル、雪の結晶、十字架、柊《ひいらぎ》、サンタクロース、トナカイ、ジンジャーマン、ステッキ、ソックス、煙突のあるクリスマスの家、リース、プレゼントの箱なんかのジュエリーがあったら、いいんじゃね？　もちろん、本物で。いろんなもんが飾ってあるツリーもオーケーだよね、きっと」

新太は思いつきを並べ立てた。

「それ、いいかもしれない」

わたしは両手をぱんと叩き合わせた。

「今からなら、間に合います」

小野瀬さんが大きく頷く。

「いいよ、いい。とにかく、わしはこんな年齢《とし》になってもクリスマスが好きでね。サンタはいると信じたい。死んだばあさんも子供のために、ケーキを焼き、わしは年に一度のシャンパンを味わう。クリスマスは子どもも大人も共に楽しめる夢だ。だがな、どうやって、クリスマスにちなんだジュエリーを集めるつもりだ？」

お祖父ちゃんは小野瀬さんを見つめた。

「これまでにお取り引きの成立したお客様に、クリスマスグッズのジュエリーの委託に限って、委託料を半値にする旨をメールし、ネット店舗でも、この旨を大きく告知してはどうかと思います。今はまだ十月に入ったばかりですので、人の心はクリスマスに向いてい

ません。クリスマスが近づいてくると、欲しくなるクリスマスっぽいジュエリーも、普段は使い勝手が悪く、ジュエリーケースの中に埋もれていることが多いものです。委託料が半額ともなれば、おトク感があって、皆さん、今が売り時だと思うはずです」

小野瀬さんは自信たっぷりに言い放ち、早速、クリスマス商戦の火蓋《ひぶた》が切られた。

——小野瀬さんはああ言うけれど、クリスマスグッズのジュエリーって、特殊だから、たやすく集まるかな？——

わたしは多少、気を揉《も》んだが、メールを出し、ネットで告知してから五日を過ぎた頃から、星やベル、十字架、雪の結晶、プレゼントボックスモチーフのペンダントヘッドやリング、トナカイ、ジンジャーマン、煙突付きの家のブローチ等が続々と送られてくるようになった。

どれもメレサイズのダイヤがセッティングされて形づくられている。ちなみにメレというのは、デザインものに便利に使われる、小さくカットされた石のことである。

このセッティングをパヴェセッティングといい、より多くのダイヤを使ったマイクロパヴェセッティングという技法ともなると、びっしりとダイヤが留められるため、地金の爪《つめ》はほとんど見えない。

「さすがにサンタクロースやステッキ、ソックス、柊は送られてこないな」

新太は残念そうである。

「まあ、送ってきた委託品、全部、ダイヤだけでできてるんだもの、仕様がないわよ」

わたしも同感だった。

せめて、プレゼントボックスのリボンくらい、ホワイトダイヤの白ではなく、ルビーか、ピンクサファイアのメレが使われていてもいいのではないかと思う。

あと、できれば柊はエメラルドの緑色のメレで——。

「サンタやステッキ、ソックス、柊にはどうしても、赤や緑が必要で、それがルビーやエメラルドだと高いものになりすぎるんで、作らないのでしょう。色の乗ったルビーやピンクサファイア、特にエメラルドのメレは稀少《きしょう》なので、入り用な数の注文だと、ダイヤのメレより高いことは御存じでしょう？」

そう言いつつ、小野瀬さんの目は鋭く、クリスマスグッズジュエリーの価格を査定していた。

「ダイヤのメレでも、ピンキリですからね。きちんと査定しませんと」

ダイヤには4Cと表される査定法がある。4Cとは、カラットで表される重さ、色の美しさ、内包物が少ない透明度の高さ、カットの良さのことである。

もっとも、メレにはこれを用いず、色や透明度と輝きで善し悪《あ》しが決められる。

お祖父ちゃんは、

「ホワイトダイヤだけでも悪くないぞ。ホワイトクリスマスみたいでいいじゃないか？そもそもうちの御先祖はダイヤモンドに魅《み》せられて、宝石屋になったんだから」

勝海舟もメンバーだった、万延元（一八六〇）年の遣米使節団の軍艦奉行木村摂津守《きむらせっつのかみ》に

仕える微禄《びろく》の武士だった、御先祖の相田石右衛門《いしえもん》が、宝石に開眼した話が続いた。

——出た、出た、お祖父ちゃんの御先祖自慢——

石右衛門は、随行先のアメリカで、大統領側が摂津守に贈った5カラットものダイヤモンドの輝きに魂を奪われ、刀を捨てて維新後は宝石商に転じたのである。

御先祖の話をする時のお祖父ちゃんの目は、大好きなオードリー・ヘプバーンを絶賛する時と同じくらいきらきらしていて、

——お祖父ちゃん、まだまだ元気。ずっと元気でいてね——

わたしはうれしかった。

3

クリスマスグッズジュエリーの委託品募集は、十月いっぱいで打ち切られた。

「時季限定商品ですから、集めすぎても残ってしまいます」

十一月一日の午前0時ちょうどに、小野瀬さんは集めた委託品を〝店長青子のお勧めコーナー〟にアップした。

〝元祖石右衛門、青山骨董通りのダイヤモンドをごらんいただけますか？　ホワイトクリスマスグッズジュエリー満載、あなたはどれを着けたツリーになりたい？〟というキャッチコピーが添えられている。

季節感のあるジュエリーが安く手に入るとあって、この企画は大当たりした。コートを

着る季節なのでベルやトナカイ等のブローチから完売し、星や十字架、雪の結晶等のペンダントヘッドやリングが続いた。

「やったね」

わたしが声を掛けると、

「借金は延滞料と合わせてまだ千九百五十万円あります」

小野瀬さんはにこりともせず、

〝完売御礼‼ ファンシーカラーダイヤをお持ちの方へ新春特別企画へのご招待。今回もファンシーカラーダイヤに限って、委託料を半額にいたします。思い切って、あなたのファンシーカラーダイヤを委託なさってみませんか？〟

十一月の半ばだというのに、もう、来年に向けての委託品募集を始めた。

「へええ？　ダイヤって白いもんじゃね？」

新太は目を丸くしながら、

「今回のアイデア賞です。コンビニ調達ですが、どうぞ受け取ってください。経費で落としていただきますので、どうかお気兼ねなく」

小野瀬さんが大真面目な顔で差し出した、特大ポッキーをぽりぽりと囓《かじ》っている。

「ファンシーカラーダイヤまでとはな」

お祖父ちゃんはうーんと腕組みをした。

「委託してくれる人なんているのかしら？」

わたしはお祖父ちゃんの胸中を代弁した。

「白いメレダイヤで作られていたクリスマスジュエリーグッズは、どれも、そう高いものではなかったので、委託料もそれほどではありませんでした。けれど、ファンシーカラーダイヤとなると、たとえメレ一つ、二つでも、白メレの十倍以上の金額で、ある程度大きさのある商品ともなると、カラット数と色にもよりますが、百万円は下りません。当然、委託料も高いです。それが半額になるのですから、何らかの理由で、手放したいと思っておられる方々には朗報のはずです」

小野瀬さんは自信たっぷりである。

――高額なジュエリーを委託してくれるってことは、相田宝飾店が信頼できる店だってことになる――

わたしは小野瀬さんの自信を信じたくなった。

「そっち側だけで、わかりあってないで、俺にも教えてくんなきゃわかんないよ、ファン、ファン、何だって？」

自分のアイデアが当たって多少得意顔の新太が鼻を鳴らした。

「ファンシーカラーダイヤです」

小野瀬さんは新太を睨《にら》み付けて、

「この程度のことはすぐに覚えてもらわないと――」

「ちょっと待っててくれ」

お祖父ちゃんは二階の仕事場へと階段を上って、下りてきた時には一冊の大きな本を手に抱えていた。

「あれっ？　現物、それともルースじゃね？」

新太は首をかしげた。

現物とはリングやペンダントヘッド等の出来上がった商品のことで、新太流の言い方である。やっと覚えたルースの方は、原石を掘り出した後、研磨を繰り返して整えた宝石質の石のことである。

原石からは僅《わず》かしか、宝石質の石は採れないので、そのルースを入れるケースは、たとえ大小の差はあっても、たいていが、どれも掌《てのひら》に収まる。

新太は本を手にしていないお祖父ちゃんの左手が、何か、握っていないかとじっと見つめている。

「昔はイエロー、ブルー、ピンク、とファンシーダイヤ三色は揃えていたんだが、残念ながら、今はストックできずにいる」

お祖父ちゃんは小声で、

「借金もあるしな」

そっと呟《つぶや》いた。

「世界宝石社のシリーズ本ですね。これなら、写真が上手《うま》く撮れていて、わかりやすいはずです」

小野瀬さんは、きびきびと話を先へと進行させる。

「相田さん、ファンシーカラーダイヤの説明をお願いします」

「わかった」

頷いたお祖父ちゃんは、

「ちょっと水を一杯」

わたしが持ってきたコップの水を飲み干すと、本を開いて、新太に説明を始めた。

ダイヤは白一色ではなく、赤、ピンク、紫、青、オレンジ、黄色、緑、グレー、ブラウン、などがあり、これらが、ファンシーカラーダイヤモンドと名づけられている。

さらに、赤、青、紫、緑、ピンクの順に極端に稀少であり、オレンジ、黄色、ブラウン、グレーとこれに次ぐ。

「これがそれら？」

新太は本のカラー頁に目を凝らしている。

アメリカのスミソニアン博物館にあるマリー・アントワネットがペンダントに仕立てていたという、45・5カラットもの大きなブルーダイヤのルースと、ハプスブルグ家の女帝が所有していて、近年、日本人コレクターが手に入れたという、24・04カラットのイエローダイヤの写真が載せられている。

「こういう色のなら、俺、祖父ちゃんに見せてもらったことあるぜ。マジで、これダイヤ？」

新太はしきりに首を捻《ひね》った。

「写真じゃ、屈折率までは見せられないものね。わたしだって、これだけじゃわからない」

わたしはため息をついた。

実は、わたしには宝石の屈折率を記憶することができて、一度見た宝石は二度と見誤らないという特技があった。

宝石がダイヤ、サファイア、エメラルド等に分類される理由の一つは、各種類別に、異なる屈折率が独特の輝きを見せるからである。

相田宝飾店初代店主石右衛門譲りだとお祖父ちゃんは喜んでくれているが、ダイヤもどきや贋物《にせもの》を見破ることにもなって、友人のエンゲージリングを前に、咄嗟《とっさ》に笑みが浮かべられず、誤解されて友情が台無しになる等、楽しいとは言えない経験に結びついている。

「おっ、何だよ、これ？　極上のレッドダイヤモンド、一カラットオーバーで五億円、ブルーダイヤモンド四億円、ピンク、三億円。間違いじゃね？　どっかの国の人口とか――」

新太は飛び上がった。

「この本が出たのは十年以上前だ。あの時からさらに、ファンシーカラーダイヤの産出量は減った。色のよく乗ったレッドやブルー、ピンクはもうほとんど出ない。その本に書かれている以上に高値になっているはずだ」

お祖父ちゃんは話を締め括《くく》りかけて、

「今となっては、小さな色の薄い品でも、なかなか目にすることはない。委託してくださるお客様がおられれば、滅多にない目の保養になる」

本のカラー頁をめくり続けて、

「右頁の帝政ロシア時代のクラバットピン（ネクタイピン）二種は、ロシアのクレムリン・ダイヤモンド庫にあるもので、ブルーダイヤの方は7カラットオーバー、ピンクダイヤは3カラットオーバー。写真だとサファイアか、濃いピンクサファイアに見まがうほど、色のりがいいことはいい」

ふーっと大きくため息をついた。

――写真では見られない、ファンシーカラーダイヤならではの輝き。お祖父ちゃん、見たいだろうな――

お祖父ちゃんの目は左の写真に移って、

「こちらはドイツのドレスデン国立美術館に展示されているもので、縦長のブローチのように見えるが、ザクセン侯のハット・クラスプ（帽子飾り）だ。アンティークらしいデコラティブな細工が素晴らしいが、何と言っても、圧巻は大粒のグリーンダイヤモンド。この写真家は腕がいい。渋めのグリーンカラーから放たれる、ぎらぎらした光に惹《ひ》きつけられる」

今度の吐息は満足そうだった。

こうして、ファンシーカラーダイヤの委託品募集が始まった。

ところが、クリスマスグッズジュエリーのようにはいかず、十二月の半ばになっても、送られてくる委託品の中に、ファンシーカラーダイヤは一点も無かった。

「そもそも珍しいものなのだから、残念だが仕方がないな」

お祖父ちゃんは寂しげに呟き、

「近江屋《おうみ》に持って行かれてしまっているのかもしれません。近江屋のサイトに相田宝飾店《うち》と似た募集を見つけました。悔しいです——」

負けず嫌いの小野瀬さんは唇を噛《か》んだ。

新太はここぞとばかりに、

「残念賞、缶コーヒーにするよ」

やり返した。

ちなみに近江屋とは元質屋さんで、今は全国的に中古のブランド品やジュエリーを売買する、支店が数え切れないほどある強敵であった。

4

そんなある日のこと、

「そちら、ネットの相田宝飾店さん？」

若い女性の声で電話がかかってきた。

ネット販売なので、ビジネスの相手とはメールのやり取りが多いのだが、熱心なお客様やネットに不審を抱いている年配の方々の中には、電話で希望を伝えてきたり、ちゃんとした店なのかを確かめる向きもあった。

「はい、店舗は青山骨董通りにございます」

お客様の電話には、必ず、こう応えるようにと小野瀬さんから言われている。

――店舗があるっていうことと、青山骨董通りのお洒落《しゃれ》感が大事です――

「ファンシーカラーダイヤモンドを幾つか、委託したいんですけど、送るのはちょっと――、高いものだから不安なんです。お店があるんなら、そちらへ持って行っていいかしら？」

「もちろんです」

「今からいい？　一時間ほどで行けるんですけど」

「お待ちしております」

それからが大奮闘となった。

あいにく小野瀬さんは外出中で、新太はバイトで、お祖父ちゃんは仕事中、わたし一人で、送られてきている、今日の分の委託品の仕分けを始めたばかりのところだったのである。

わたしは、ファンシーカラーダイヤと聞いて、少々、興奮気味であった。

――中身と委託主を取り違えるようなことがあってはならない――

わたしは「急がば回れ」というお祖父ちゃんの口癖を思い出して、包みから出した委託品を元に戻し、専用にしている段ボール箱に入れて片付けた。

大急ぎで掃除機をかけ直すものの、

――あまり冴《さ》えない店だと委託してくれないかもしれない――

我が相田宝飾店の店舗は、古いレザーのソファーが置かれていて、全面ガラス張りの窓からは、ハーブガーデンになっている庭が見える。中央のガラスの展示ケースがなければ、一般家庭のリビングとかわらない。

その昔、一見《いちげん》の客は迎え入れず、裕福なお得意様やその方々の紹介客だけで、充分、採算がとれていた頃の名残りであった。

わたしはベルサイユ宮殿を飾っていたものを模して作られたという、天井のシャンデリアを見上げた。

――色が褪《さ》めているカーテンやぶかぶかのソファー、磨り減ってる絨毯《じゅうたん》は古すぎるけど、ま、これだけは何とか格好がついてるかも――

本当は汚れているシャンデリアの埃《ほこり》を拭《ふ》き取りたかったけれど、そこまでの時間はない。

そこへ、

「青子ちゃん」

隣りの温子おばさんがローズマリーの八号鉢を持って、ベランダのガラス戸をとんとんと叩いた。

「今、開けます」

委託品の山が片付けられているのを見たおばさんは、

「お客様？」

首をかしげて、

「これ、そろそろ、いいかなって。今年は少し早いけど、このところは冷え込む朝も多いから、家の中の方が、寒さにやや弱い、匍匐《ほふく》性のローズマリーは喜ぶんじゃないかしらね」

おばさんが届けてくれたローズマリーはリース仕立てで、鉢に差し込んだアーチ形の針金に、匍匐性のローズマリーを這《は》わせて作り上げる。てっぺんに小さなチェックの赤いリボンが結ばれているのは、クリスマスリースだからである。

――超カッコイイ‼――

わたしはうれしくなって、

「ありがとう、おばさん」

心からお礼を言った。

一時間を少し過ぎて呼び鈴が鳴った。

「迷っちゃったわ。ここ、表通りに面してなくて、わかりづらいんだもの」

相手は挨拶《あいさつ》代わりにぶつぶつ文句を言った。

スタイル抜群で黒の似合う、垢抜《あかぬ》けて綺麗な女性である。

年齢はわたしより一つ、二つ上ぐらいで、黒で統一しているファッションは、上から下までシャネル。ただし化粧は濃いめで、睫毛《まつげ》にエクステ使用、ネイルは黒地に深紅のバタフライ。

――綺麗なんだから、ここまで作り込まなくてもいいのに――

「お待ちいたしておりました。どうぞ、こちらへ」

わたしはソファーへと案内した。

「委託したい品はこれなの」

早速、バッグを開けた相手に、

「申しわけございません、その前にご挨拶を――」

わたしは作ったものの、あまり使うこともなかった名刺を出した。

無言で受け取った黒服の美人は、

「あらら、どこやっちゃったかしら、レッドダイヤやブルーダイヤ――」

ごそごそとバッグの中を掻《か》き回す。

――あの幻のレ、レッドダイヤやブ、ブルーが出てくるんだわ――

わたしがごくりと生唾を呑《の》み込んだところで、

「あたしは南条純菜《なんじょうじゅんな》。よろしく」

純菜さんは名刺の方を先に出した。

その黒地の名刺には、白く名前が浮き上がっていて、真っ赤なルージュのイラストが添

えられている。

「働いてる銀座のお店、〝ルージュ・ア・レーブル〟っていう名なのよ」

「ホステスさんですか？」

「見ての通りでしょ」

さばさばと言ってのけた純菜さんは、

「あった、あった」

黒いローンのハンカチの包みをバッグから取り出した。包みを解《ほど》いてハンカチの上に、ファンシーカラーダイヤのリングを並べ始める。

――これって――

わたしはどきどきした。どれも一粒石で、1カラットに近いのではないかと思われる、深紅のレッドダイヤ、2カラットオーバーのピンクダイヤ、やや、色は薄めながら、輝きのいい5カラット近いブルーダイヤ、菜の花色のイエローダイヤ2カラットオーバーである。

――全部、間違いなく、ファンシーカラーダイヤなんだわ――

洩《も》らしかけたため息をかろうじて呑み込む。

――これだけのものなら、委託の売り値は、レッドが一億円、ピンクは八千万円ほど、ブルーダイヤは色が薄いけど、大きさがあるのでピンクと同じくらいになる。イエローダイヤだけはせいぜいが五百万円としても、充分、委託料だけで借金を返してもお釣りがく

る――

「是非、お預かりさせてください。必ず、高額でお売りいたします」

「そうしてくれると有り難いわ」

「どうか、よろしくお願いいたします」

わたしは頭を深く深く下げて、

「今、すぐ、お預かり証をお作りいたします」

震える手で預かり証を書いて渡した。

帰り際に純菜さんは、

「いい香りね」

形のいい鼻を蠢《うごめ》かして、ローズマリーのリース鉢に目を留めると、

「もうすぐクリスマスだものね。いいわね、こんなリースのあるホームクリスマス」

少しの間、目を閉じていたが、

「あ、でも、あたしたちは商売、商売。痩《や》せても枯れても銀座は銀座。うんと稼がなくっちゃ。それじゃ、売り手がついたら教えてちょうだい」

純菜さんは腰を上げた。

ちょうど、戻ってきた小野瀬さんや新太と玄関で鉢合わせすると、ちらっと微笑《ほほえ》み、店を出て行った。

「青子、どうしたの？　顔、強《こわ》ばらせちゃって。何かあったの？　今のイタい化粧の女が

祖父ちゃんの愛人で、乗り込んできたとか？」

「あの女性は相田さんの趣味ではありません。それに今、青子さんは、緊張しているのであって、ショックを受けて沈んでいるのではありません」

「実はあの方が、ファンシーカラーダイヤモンドの委託をしてくれたのよ」

わたしはまだ手にしていた預かり証の控えに目を落とした。

「本当ですか？」

小野瀬さんの目がぎらぎら輝き始める。

「委託品を見せてください」

わたしはリングケースにしまった四点を出して見せた。

「やはり、わたくしの見込んだ通り、ファンシーの委託を待っていてくれた人もいたのですね」

それ見たことかと、小野瀬さんの鼻が膨らんだ。

純菜さんの仕事がホステスだとわかると、

「ホステスが男にねだるのって、質屋に売るブランド品だけじゃなかったのかぁ。バカ高いダイヤモンドもありだったとはな。なーんかなあ。贋物ってことはない？」

新太はわたしに念を押した。

「どれもダイヤモンドの屈折率です」

わたしは言い切った。

「青子さんは歩く屈折率測定器ですから、間違いありません」

小野瀬さんは、早速、いそいそと、デジカメを取り出して、ネットショップにアップするために、四点のダイヤの写真を撮り始めた。

お祖父ちゃんが飲み終えたティーカップを片手に、二階から下りてきた。

「景気がよさそうだな」

いつもと変わらずにこやかである。

「お祖父ちゃん、見て、見て」

わたしはまたどきどきしてきた。

――お祖父ちゃん、どんなにか、びっくりするだろう。そして喜ぶはず――

5

「どれどれ――」

お祖父ちゃんは小野瀬さんが撮っている四点をちらっと見て、

「どれもいい出来だね」

ふふっと笑い、

「鑑定書は?」

鑑定書は宝石の正確な履歴書である。

「添えられてなかったけど――」

わたしは狼狽《うろた》えた。

「素人相手なら、レッド、ブルー、ピンク、イエロー、この四点で三千万円は堅いだろうよ」

「迂闊《うかつ》でした」

小野瀬さんは気がついて青ざめた。

――無処理の本物四点で三千万のはずはないから――

「トリート（処理）ファンシーカラーダイヤなのね」

わたしの言葉にお祖父ちゃんは頷いた。

――わたし、写真でしか見ることのできないトップカラー（極上品）が託されたんだって、思い込んでしまっていたんだ。屈折率による輝きはダイヤだったから、すっかり、安心して――。肝心なことを見逃してしまってた――

トリートファンシーカラーダイヤは、ライト・ブラウン、ライト・イエロー、カラーレスのダイヤモンドを放射線処理して作られる。

もっとも多くできるのがブルー、次いでブルー・グリーン、グリーンで、さらにそのグリーンを加熱処理するとブラウン、オレンジ、イエローに改変されることがある。

この時、イエローに変わるものの中に、ピンクが偶然に発生する。ピンクの中にはレッドに変わるものもあった。

価格はブルーダイヤを例にとると、トリートは無処理のものの約五十分の一で、ブル

ー・グリーン、グリーンとほぼ並び、さらに手間をかけるブラウン、オレンジ、イエローと高くなり、滅多に偶然が起きないピンクの上に、頂点のレッドが君臨している。

「わしが若い頃には、色が均一で綺麗すぎるファンシーカラーダイヤには、くれぐれも用心しろと言われておったものだった。うっすらブルー、うっすらピンクしか、市場には出回らないものと思えってね。博物館にあるようなトッピン(特上品)のファンシーカラーダイヤは、どれも色が濃く乗っていて、トリートの中には、これに近い色を出しているものもあるから厄介この上ない」

――今まで何度か見たファンシーの無処理ものは、どれも、うっすらと色がかかってるだけで、トッピンにはほど遠かった。でも、トッピンの濃い色を自分の目で見ていないからと言って、よく似たトリートだってことを、見破れなかったことの言い訳にはならない――

「深いね」

新太ははあと大きなため息をついた。

お祖父ちゃんは話を続ける。

「今では、昔から少なくしか掘り当てられなかった、無処理のファンシーカラーダイヤが、ますます少なくなっている。これじゃ、たいていの人が、一生に一度も、ファンシーカラーダイヤに出逢えなくても不思議はない。これでは残念すぎる。馴染み深いダイヤモンドの別の顔を沢山の人に知ってもらいたい」

「それにはわたくしも賛成です」

小野瀬さんが頷いた。

「手頃な値段のトリートでファンシーを楽しめるのなら、結構なことだと思います。まあ、考えてみれば、無処理のファンシーだって、何十万年もの時をかけて、地中で放射性物質や地熱等の影響を受け、あんな具合に仕上がって出てくるわけなんですから。トリートはあくなき美をもとめる人間の知恵が、手間を省いて、時を縮めているだけだとも言えます。ただし、吸収スペクトルの検査をすれば違いは出てきて、こればかりは偽れませんが――」

分光器という特殊な器械により測定される、微少な色の違いが吸収スペクトルであり、これによって、無処理石、処理石の別が明確になる。

――たとえ吸収スペクトルまで調べなくては、わからないものだとしても、何ともお粗末な恥ずかしい話――

「それより値段はどれだけ違うの？」

新太は訊かずにはいられない。

「宝石の値段は刻々と変わるが、たとえば、無処理のトッピンブルーダイヤ一粒石1カラットが八千万だとすると、トリートは三十万円ほどだ」

「トリートなのに三十万円は高いんじゃね？」

「トリートとはいえ、ダイヤではあるわけだし、照射する、ライト・ブラウン、ライト・

イエロー、カラーレスのダイヤは粗悪品では駄目で、かなりのグレードのものでないと、綺麗なブルーやブルー・グリーン、グリーンにはならない」

「トリートっていう呼び名が悪いな。いっそ、変身ダイヤとでもすればいいのに――」

――もっと怪しい呼び名でしょうが――

わたしは苦笑したが、

「それでは、今の相田さんのお話をまとめて、そこに添えて、〝大粒トリートファンシーカラーダイヤリング――変身ダイヤリング特集〟ということで行きましょう」

小野瀬さんは新太の付けた呼び名が気に入っている。

――でも、まあ、今のお祖父ちゃんの説明をメッセージすれば、変身ダイヤの呼び名もいいかも――

「後の交渉はお願いします」

小野瀬さんがわたしの方を向いた。

――そうだった――

呼び名などに拘《こだわ》っている場合ではなかった。南条純菜さんに預かったファンシーカラーダイヤは、四点ともトリートだったと説明して、その条件で委託価格を決めさせてもらうと、告げに行かなくてはならないのである。

――納得してくださるだろうか？――

わたしは〝ファンシーカラーダイヤ、レッド0・85カラット、ピンク2・2カラット、

ブルー5カラット、イエロー2・5カラット〟と書いてある、預かり証の自分の字をじっと見つめた。

――どこにもトリートとは書いてないから、すり替えたんだろうなんて言い出されたら、どうしたらいい？――

「今すぐ行ってきます」

――とにかく、早い方がいい――

わたしはコートを羽織り、四点のトリートダイヤを収めたリングケースの入ったバッグを手にして店を飛び出した。

途中、

――純菜さんが近江屋ではなく、うちなんかを選んだのも、企みだったのかもしれない。そうだとしたら――

ついつい、悪い方へ考えてしまう。

――すり替えられたと言い張って、訴えられるなんてことも？　そうしたら、弁護士さんのお世話になるしかない？　調停で話がつかなければ裁判？　借金の上に裁判費用まで？　ああ、もう、どうしよう――

これ以上、考えたくなかったので、地下鉄の銀座の駅を下りてからは、インターネットで場所を調べてある、純菜さんの職場であるクラブ〝ルージュ・ア・レーブル〟まで、止まったのは信号の前だけで、とにかく走り通した。

――そうは言っても、ホステスさんのお仕事って夕方からだった――

ドアの前に立って気がついた。

「うちに何かご用？」

後ろから女の人の声がした。

振り返ると普段着の着物姿で、髪を後ろでまとめている、丸顔の女の人が人なつっこい笑みを浮かべて立っている。赤い薔薇《ばら》の花の束を手にした中指に、大きな血赤珊瑚《さんご》の丸玉リングが際立っている。

――この年齢で血赤を着けてる人って、たいていはエネルギッシュなのよね――

ただし、化粧気のない皮膚の乾いた顔は、笑い皺《しわ》が目立ち、年齢は隣りの温子おばさんより幾つも上に見えた。

「あの、あの、わたし――」

動転し続けているせいで、言葉に詰まってしまっていると、

「顔が青いわよ。今にも倒れそう。まあ、お入りなさい」

女の人は扉を開けて、わたしを中へ入れてくれた。

――ここが銀座のクラブ――

テレビのドラマで見たり、話には聞いていたが実際に見たのは初めてだった。

――うちの店に似てないこともないな――

クラブ〝ルージュ・ア・レーブル〟のボックスのレザーはややくたびれていて、絨毯に

もちらほらと染みが目立っている。

店内のガラスで囲んである半坪ほどの空間からは空が見えている。半坪のスペースには土が盛られ、白椿《しろつばき》の木が植えられていて、清楚な風情を醸し出していた。

「掃除は午前中に済ませてあって、これはお客様をお迎えする仕上げ」

女の人は二十ほどの一輪挿しに赤い薔薇を挿し終わると、ボックスへと運んでいく。

「わたしもお手伝いします」

「それは、ありがとう」

一輪挿しを各ボックスに配り終えたところで、

「ご挨拶が遅れました」

わたしは名刺を出して、自分の名を告げた。

「ご丁寧に。わたしも名前言わなきゃ駄目？」

「できれば」

「村田由希子《むらたゆきこ》。この店の経営者」

――この人がママさん？――

わたしは目を瞠《みは》った。

「お嬢ちゃんは水商売女に慣れてないようね。テレビと違って残念でした。昔はいざ知らず、こう不況が続いちゃ、経費節減の第一は人件費のカットだから、ママのわたしが掃除屋も兼ねてるっていうわけ。これでも、あと少ししたら、美容院へ行って、着物を着替え

てごってり化粧をして、一化けするから、何とかなるのよ」

村田さんは、はははと大きく口を開けて笑って、

「場所間違えて、ここにいるんじゃなさそうだし、何の用なの？」

わたしの顔をじっと見つめた。

6

――純菜さんに直接話した方がいい――

「純菜さんの宝石についてのことなので。純菜さんでないと。純菜さん、何時頃、ここへ？」

「いつも、子どもを託児所へ預けてくるから、みんなよりちょい遅い七時半頃かしらね」

「子どもさん、いるんですね」

「四歳の男の子でそりゃあ、賢い子よ。まあ、純菜がホステスでも、お父さんがお医者さんだったんだから、無理もないけどね」

――お医者さんがお相手だったのに、ホステスを続けているということは――

「結婚もなさってた？」

まさか、愛人の子を産んだシングル・マザーなのですか？　とは訊けない。

「そうそう。相手は南条病院っていう南平台にある大きな総合病院の院長。純菜目当てに熱心にうちへ通ってくれててねえ。釣り合わないからって、さんざん、純菜は断ったんだけど、とうとう押し切られて、あの娘は院長夫人。結婚式はハワイでわたしも招待されて

行ったのよ。でも、三ヶ月前にあんなことになって——」

村田さんは切なそうにため息をついた。

「あんなこと？」

「純菜の旦那《だんな》さん、南条恭一郎《きよういちろう》さん、車を運転していて、埠頭《ふとう》から転落して亡くなったのよ。それであの娘は、また、ここへ舞い戻ってきちゃったってわけ」

——それだけのお家で、子どももいるのに、どうして、またホステスさんに？——

わたしは疑問の言葉を嚙み殺す代わりに、

「車ごと海に落下すると大変だって聞きました。何でも、水圧がかかるんでドアは開かなくなっちゃうし、シートベルトをしてるせいで、簡単には身動きできないんですって。わたしの知ってる友達は、もしもの時に備えて、金槌《かなづち》を用意してあったんで、それで窓ガラスを割って、海中に出られて助かったんだとか——」

車の海中落下についての聞き嚙《かじ》った知識を披露した。

「金槌が生死の決め手なのね」

村田さんはわたしの話を聞き流さなかった。

「そのように聞きました」

「金槌は無かったみたいだけど——」

そこで村田さんが押し黙ってしまったので、

——純菜さんの出勤まで、あと三時間はあるし、お仕事終わりでないと、話ができない

かもしれない。だけど出直してたら、リングケースも行ったり来たりになる。時が経《た》てば経つほど、すり替えを疑われて、ややこしくなりそう――

「ここで待たせていただきます」

わたしは、はっきり言った。

「それは困るのよね」

村田さんはわたしのバッグをちらっと見ると、眉《まゆ》を寄せて、

「お客様は聴き上手な女の子たちと、楽しいおもてなしの時を過ごしに、相応のお金をお支払いになるのだから。ぶらぶらしてるだけでは邪魔、邪魔」

「それでは外で待たせてもらいます。この近くでお店を見つけます」

わたしは必死である。

「この銀座にも、スタバやドトールができたんで、近くにも遠くにも、何時間も粘れる喫茶店なんてありゃしないわ」

「マンガ喫茶やネットカフェとかなら、深夜とは言わず、朝までOKのはず――大丈夫です」

「ああいうところは、深夜の揉め事や盗難が多いって、いつか見廻《みまわ》りに来たおまわりさんが言ってたわよ」

――盗難――

一瞬、わたしは青ざめて、リングケースが入っているバッグを抱えなおした。

——これが盗《と》られでもしたら、純菜さんの手に預かり証が残り、現品の無いこちらは、トリートだったっていう証明ができなくなる——

「盗難だけは絶対、困ります」

思わず心のうちをさらけ出したわたしに、

「それじゃ、一日だけのホステスになってみるっていうのはどう？　ホステスをやってくれるんなら、こっちは文句ないし、時間給だって払ってあげられる。何より、何時間もじいっと待ってるのより、暇が潰《つぶ》れていいと思わない？」

村田さんはうふふと笑って切り出した。

——たしかにそうだけど——

「で、でも、わたしはホステスの経験なんてありません」

「あなたなら大丈夫よ。お客さん相手に宝石売ってるだけあって、礼儀がきちんとしてる。うちあたりへ来てくださるお客様は、皆さん、それなりの方々なので、でれでれ、しなだれかかるばかりの馬鹿娘じゃ、務まらないのよ」

——宝石をお客さん相手に売っているというのは完全な誤解だけれど、ホテル勤めで厳しく仕込まれ、マナーが身についたのは確か——

「わかりました。務めさせていただきます」

「そうとわかったら、わたしと一緒に美容院へ行きましょう」

「このままではいけませんか？」

「それなりの方々でも、目の保養はなさりたいものなのよ」

村田さんが連れて行ってくれた美容院は、店の近くの横丁の裏にあり、所狭しと飾ってある、うっすらと埃の被ったドライフラワーと、むっとするパーマ液の匂い、並んで座るドライヤーのボックスが何とも古めかしかった。

「今はこういうところでないとアップスタイルができないのよ」

村田さんのまとめた髪の髪留めが外されて、またたく間にロットが巻き付けられていく。

「どういたしましょう?」

年配の店長さんは白い上っ張り姿である。

「その娘《こ》の方もアップにしてあげて」

村田さんがわたしの代わりに応《こた》えて、ショートカットの髪に、細かなピンカールが施され、ドライヤーで乾かされてピンが抜き取られた後、ぐいぐいと引っ張られる。そのたびに、バッグから手が離れそうになるのを必死でこらえた。

「何とか襟足と額が見せられますね」

店長さんは満足げに言った。

小さな櫛《くし》がリズミカルに動いて逆毛が立てられる。

――まるで、パンチパーマのお化けみたいだわ――

このままでは、顔を黒く塗り込めて、アフリカ系アスリートのコスプレが似合いそうだと思っていると、

「色は完全には合ってはおりませんが、お店では目立たないと思います」

丸い形のヘアピースが頭の上に載せられて固定された。

「さすが店長。この道百年のアップのプロだわ。若い女の子のアップは髷《まげ》の位置が高い方
が若々しくていいわね」

左右を膨らませた上品なアップスタイルが、仕上げに近づいている村田さんは満足げに頷いた。

それから、店長さんがお化粧もしてくれて、

「白粉《おしろい》、そんなに付けなくても――」

「いいえ、夜はこのくらいじゃないと」

「頬紅《ほおべに》、付けない主義なんですけど」

「付けないと暗く見えますよ」

「せめて口紅は赤じゃなく――」

「〝ルージュ・ア・レーブル〟じゃ、全員、赤と決まってるのよ」

最後の一言は村田さんが応えた。

この後、村田さんは紅椿の裾模様の訪問着に着替え、

「店長、そっちも頼むわ。預けてあったのでお願い」

わたしの方は白椿の中振り袖を着せられてしまった。

――まさか、着物を着るとは――

実のところ、娘の成人式の晴れ着に血道を上げる母親がいなかったわたしにとって、これは初の着物体験だった。

——こ、こんなに大変なものだったとは——

胸を締め付けてくる帯が苦しい、着物の裾が両足を縛っているような感覚で歩きにくい。足袋を履いて草履の鼻緒に指を通すと痛い。

——これで三時間? いや、そうじゃない。店を閉めるまでだから、六時間? 七時間?——

わたしは気が遠くなりかけた。

「いいわよ、初々しくて。何と言っても、着物ねえ」

村田さんはやたら感心してくれて、

「さあ、行きましょう」

優しくわたしの肩を押した。

すっかり日が暮れた中を〝ルージュ・ア・レーブル〟に戻ると、すでに、看板に灯《あか》りが点《とも》されていて、

「おはようございます」

ドアの前に待ち受けていた黒服姿のウエイターが二人、恭しく村田さんに頭を下げた。

「今日だけのバイトで、ええっと、名前は——」

「相田青子です」

「青子さんですね、よろしく」

「よろしくお願いします」

二人は丁寧なお辞儀を繰り返して、

「お荷物、預かっておきましょうか」

わたしの手にしている、着物には不似合いなズダ袋に等しいバッグに手を伸ばした。

「これはいいんです」

緊張がわたしの背筋を走った。

「でも――」

相手の目は着物とのアンバランスを指摘している。

「いいんです、いいんです」

もう一人が村田さんの方を見た。

「今日だけなんだし、こういう変わった娘がいいっていうお客様もいるかもしれないわ」

村田さんに許してもらって、ほっとしたわたしは、バッグを片時も放さずに、ボックスのお客様方へ挨拶に回った。

「この娘ね、今日かぎりのバイトで、青子ちゃんっていうんだけど、ぬいぐるみたいにこのバッグ、ずっと抱きしめてるんですよ。どなたか、バッグの代わりに、抱きしめられたいっていう殿方、いらっしゃらないかしら？」

村田さんの軽口に、

「なる、なる、だけど、ママ、バッグの代わりともなると高いんだろ？」

お祖父ちゃんぐらいの年齢のお客様が乗ってきた。

――そんなの困る――

「もちろんですよ」

村田さんは平然と言いきって、

「これかい？　これ？」

立てた指を増やそうとする相手に、

「言わぬが華ってこともございましょう」

わたしを促してそのボックスを離れた。

「悪いお客様じゃないんだけど、うちをキャバクラみたいに思ってて、次々に女の子たちを口説きにかかるのには、下品で閉口してるの。これでしばらく、気分を害して寄りつかなくなるだろうから、清々したわ。あなたのバッグのおかげ――」

――嫌なお客を追い払うためのバッグじゃないんだけど――

わたしはますます、バッグを強く抱きしめ続けて、

「君、可愛《かわい》い娘だね。着物も似合ってる。なに、バイトで今日だけ？　残念だなあ」

褒めてくれる他《ほか》のお客さんたちは、不審そうに、わたしのズダ袋バッグを見つめていた。

7

〝ルージュ・ア・レーブル〟のホステスさんは、純菜さんを除く全員が着物姿だった。

「今じゃ、着物を着てるホステスが珍しくなってるから、うちはそれを逆手に取って、売りにしてるのよ。男たちって、着物の女に女らしさを感じるみたいで、おかげで、何とかやっていけてるってわけ――」

村田さんがわたしの耳元で囁《ささや》いた。

たしかにボックス席は満席になっている。

純菜さんは〝チィママ〟と呼ばれて、ボックスからボックスの間を挨拶に廻っている。

高そうな黒のスーツが長身に映えている。昼間は濃すぎるように見えた化粧も、暗めのライトの店の中だと、顔立ちの華やかさを際立たせていた。

――宝塚の男役になれそう――

「純菜も結婚する前の売り上げナンバーワンだった頃は、着物、着てたのよ。背が高くて足が長いのに、肩幅が狭めなんで、不思議にぴったり似合ってたね。今は子育てで大変な時だから、お客様にはあの姿でお許しいただいてるの」

またしても村田さんがそっと告げた。

ホステスという仕事を夢中でこなしているうちに、閉店時刻となり、お客さんたちは、

「今日は楽しかったよ」

「来週は中日にお客を連れてくるからよろしく頼む」

別れの言葉を口にして機嫌よく帰って行った。

「純菜には話しといたわ。まずはあたしのところで着替えて」

村田さんはわたしをエレベーターで五階の自分の部屋へと連れて行ってくれた。

「着てきたものは、そこに置いてあるわよ」

――あっ、美容院に忘れてきちゃってた――

村田さんが手伝ってくれて着替え終わると、

「はい、これ、今日のバイト代。悪いけど一日きりだから一万円しか出せないの。純菜は店で待ってる。子どもを引き取りに行かなきゃならないんだから、早く、切り上げてやってね。大事な話だろうから、心配しなくても、あたしは外すわよ」

茶封筒を渡してくれた。

純菜さんは誰もいなくなった店のボックスにぽつんと座って、〝木曽《きそ》のおいしい水〟の五百ミリリットル入りを直飲《じか》みしていた。

魅惑的な明るさ全開だった、接客していた時の表情とはがらりと変わって、疲れが滲《にじ》んでいて、近くで見ているせいか、くすみや染みが目立つ。

「委託したカラーダイヤの売り値を伝えにきたのかしら？」

純菜さんはカルティエの時計に目を落としながら訊いた。

「そんなことなら、電話でもよかったのに――」

「いいえ、それでは――」

そこでわたしは委託品にはトリートの疑いがあり、鑑別に出さなければ売り値はつけら

れないと伝えた。

「ですので、預かり証にもその旨を書き添えさせていただきたいのです」

純菜さんはそれには応えず、

「トリートって贋物だってこと？　ダイヤじゃないの？」

「ダイヤには違いありませんが、処理を施したもので――」

わたしは、できるだけわかりやすく説明を続けた。

「つまり、無処理のものとは値段が全然違うってことね。ユニクロのTシャツとシャネルのものぐらいの違い？」

「たぶん、それ以上です」

「そうだったの」

数秒間、純菜さんは黙ったままだったが、

「まあ、そう驚かないわ。旦那の恭一郎さんが死んでわかったのは、とにかく、長い間借金まみれだったってこと。傾きかけてた病院を建て直すために、株に手を出したのが命取りになったのよ。借金のかたに病院だけではなく、家まで人手に渡ることになってしまった。おまけに生命保険まで解約してたんだから。そんな火の車の状態で、あたしに高いダイヤを買えるわけがないんだから」

「あのう、余計なことかもしれませんが、村田さんのお話ではお子さん四歳だとか。カラーダイヤの数も四個。結婚記念日のお祝いですか？」

「クリスマスプレゼントよ。クリスマスの前日に知り合って、翌年に結婚したの」

「愛されてたんですね」

「でもトリートかもしれないんでしょ？」

「ええ、たぶん――」

「愛されていたとはもう思えないわ。カラーダイヤのことも含めて、あまりに隠し立てが多すぎる。このカラーダイヤは世界に幾《いく》つもない貴重なものだ、困った時は助けになるなんて、恭一郎さんに言われて、その気になってたのが馬鹿みたい」

純菜さんは細いアーチ形の眉を吊り上げたかと思うと、

「どうして、破産寸前だってことを、妻であるあたしに話してくれなかったのかしら？　話してくれてれば、思い止《とど》まらせることもできたのに――」

顔を両手で被《おお》った。

「御主人、事故では？」

「病院も家も取られることになってて、その上、無処理のはずのカラーダイヤがトリートだとわかってたら、誰だって死にたくもなるでしょうが――」

「自殺したと思ってるんですね」

「主人はね、車のシフトレバーをバックに入れたまま、アクセルを踏んでたの。会合の帰りで夜遅くだったし、雨も降ってて、ブレーキの痕《あと》は確認できなかった。これだけじゃ、自殺か事故か、警察ではわからないんだそうよ」

純菜さんはしゃくりあげながら言った。

「お気持ち、よくわかります」

わたしはお祖父ちゃんの借金で、家屋敷が差し押さえられそうになった悪夢を思い出した。

――借金をお祖父ちゃん一人が背負っていたら、わたし一人でも――

考えただけでぞっとする。

「でも、預かり証は書き替えさせてください。お願いします」

すると、

「嫌よ」

純菜さんは涙をハンカチで拭いた。

「だって、あれ、あの時、あなたが仕事で書いて渡してくれたものだもの。甘えないで」

――やっぱり――

「たしか、写真、撮ってなかったわよね。今、そこのケースに入ってるのがトリートだとしても、わたしが預けたものだっていう証拠にはならないんじゃない？」

「で、でも、間違いなくお預かりしたお品ですので」

もはや、しどろもどろである。

「とにかく、預かり証の書き替えは認めませんから」

純菜さんは立ち上がった。

この後、わたしはショック状態のまま、ダイヤの入ったバッグを抱きしめて、深夜のタクシーに乗って家へと帰り着いた。

午前三時十五分。

店の中の灯りはまだ点いている。

パジャマ姿のお祖父ちゃんと新太、小野瀬さんが駆け寄ってきた。

「何度も電話、メールしたんだぞ」

新太は怒ったように言い、

「ごめん、忙しくて」

──携帯なんてチェックする余裕、まるでなかった──

「深夜勤務は報告していただかないと」

らしい物言いは小野瀬さんだった。

「あまり遅いから、一度寝て起きたところだ」

お祖父ちゃんの手にしているティーカップから、カルダモンの温かい香りが立ち上っている。

「スパイスクッキー、温子さんがまた焼いてくれた。美味《うま》いぞ」

──みんな、わたしを心配して待っていてくれた──

わたしはうれしかったが、照れ臭くもなって、

「ここ、ちょっと寒くない？　お祖父ちゃん、カーディガンじゃ駄目よ、ガウン、ガウ

ン」

　お祖父ちゃんのために、二階に駆け上がるとガウンを持って下りた。

「それにしても――」

　小野瀬さんはまじまじとわたしの顔と頭を見つめた。

　――そうだった――

「ヘアピースを外すと、もじゃもじゃ頭になっちゃうだろうから、今日はそのままで帰りなさい。落とすのは時間かかるから、化粧もそのままで――」

　村田さんに言われた通りにして、わたしは着物ヘアとホステス化粧のまま、普段着のチュニックとスパッツ姿になっていたのである。

「まあ、そこんとこも含めて、青子に話、訊こうよ」

　ぷっと吹き出しかけた新太は、あわてて、両手で口を押さえた。

「何とかしようと必死で頑張ったんだけど――」

　わたしは今日、銀座で起きたこと、経験したことを話した。

「ということは、向こうはこちらがすり替えたと主張して、裁判に持ち込むかもしれないということですね」

　小野瀬さんの切れ長の目がきらっと光った。

「裁判されたって、無い袖は振れないだろうが」

　お祖父ちゃんが開き直ると、

「たしかに家屋敷はジュエリーマンバラの借金の抵当に入っていますが、ネットショップの利益があるので、裁判に負けた場合、これで支払えと言われる可能性はゼロではありません」

小野瀬さんが言い切ると、

「こんなことで裁判になっちゃうのかよ」

新太は唇を尖《とが》らせた。

「青子さんのお話によれば、〝ルージュ・ア・レーブル〟という店はいい筋のお客さんが多いようなので、純菜さんに同情して、裁判を引き受ける弁護士さんがいないとも限りません。銀座のホステスさんともなると、なかなか世渡り上手なものです」

「あんた、ジュエリー経営コンサルタントだろ。裁判に勝つ何かいい案ないのか？」

新太は詰め寄った。

「向こうが預けた品と、こちらが預かっている品が同じだと証明することが第一です。写真さえ撮っておいてあれば――」

「写真はあんたの役目だろ。ファンシーとか、カラーとかのダイヤ、集めて売ろうなんて言い出したのもあんただし」

新太は小野瀬さんに食ってかかった。

「いいえ、これはわたしだけのミスよ」

わたしがうなだれると、

「わたくしが留守にして、役目を怠ったのがいけなかったのです。それに、ファンシーカラーダイヤの委託販売を思いついたのもわたくしですし――」

小野瀬さんは自分のせいのように言って、

「ですから、わたくしは責任を持って、何とか裁判を回避するべく、これから、ここで頑張らせていただきます」

ノートパソコンの前に座り、

「皆さんはどうか、お休みになってください。こう言っては何ですが、いらしていただくとかえって邪魔になります」

わたしたちは解散した。

それからわたしは化粧も落とさず、ヘアピースを付けたままでぐっすりと眠った。

翌朝、シャワーを浴びて、いつもの自分の姿に戻り、店へと階段を下りて行くと、

「おはよう、青子」

「おはようございます、青子さん」

お祖父ちゃんと小野瀬さんが向かい合って、コンビニの握り飯とペットボトルのお茶の朝食を摂っている。

「わしの朝飯はいい。こうして、小野瀬君にご馳走《ちそう》になってるから」

「あなたの分も買ってあります」

小野瀬さんはビニール袋を指さした。

「コーヒー淹れてきたよ。ただし、小野瀬さんの分はなし」

新太も入ってきて、

「ずっといいよ、青子の顔や髪、いつもの方が」

また笑いを噛み殺した。

――みんな暢気《のんき》すぎる。今日にも純菜さんか、弁護士さんが押しかけてくるかもしれないのに――

「わたしはとても食べたり飲んだりする気分になれないわ」

わたしが部屋へ戻ろうとすると、

「裁判にならないと思います」

小野瀬さんが告げた。

「どうして？」

階段に足をかけたわたしは振り返って訊いた。

「ジュエリー業界はネット販売が伸びてきているせいもあって、わたくしはネットのセミプロです。無処理だと信じているあれだけのファンシーを、うちだけに査定させるわけはありません。そこで、知り合いの業者に心当たりを訊いてみたんです。忙しい彼らは深夜にメールチェックするので、すぐに通じて、そこそこの時間で、青子さんが預かったのと同じ、カラーダイヤリング四点の写真を見つけ出してくれたんです」

小野瀬さんはプリントアウトした四点の写真を見せてくれた。

「デザインだけではなく、カラット数も全く同じです」

「純菜さんがうちに来る前に別の店に持ち込んでいたのね」

「それは違います。これを読んでください」

小野瀬さんはメールボックスを開けて、知り合いの業者からのメールを読み上げた。


　この四点の秀逸なトリートファンシーは、K・Nさんという名の医師による委託依頼品でしたが、トリートとわかり、売り値を申し上げたところ、落胆した様子でしたが引き取っていかれました。

　合わせて三千万円以上という買い値をお聞きして、気の毒に思い、どうして、くわしい鑑定書を取らなかったのかと、お訊《たず》ねしたところ、高校時代の後輩が後を継いだ宝石店からの買い物なので、信じて疑わなかったということでした。

　その時、K・Nさんから、ダイヤモンド富士を想わせる、無処理のカラーダイヤを、思い出のあるクリスマスまでに、手頃な価格で探してほしいと頼まれました。

　正直、金策に明け暮れている様子のK・Nさんが、最低でも五十万円はする、無処理のカラーダイヤを買ってくださるとは思えませんでしたが、ダイヤモンド富士のようなカラーダイヤというイメージに惹かれて、仕入れてみたのです。メールでお伝えしましたがやはり返事はなく、何日かしたら、ネットショップに出そうと思っていたところでした。

「それがこれです」

小野瀬さんはダイヤモンド富士、カラーダイヤ写真とある添付ファイルを開いた。

「ああ、いいじゃないか」

お祖父ちゃんは微笑んだ。

0・2カラットと表記のある、パンプキンカラーのファンシーカラーダイヤモンドのルースだった。

「太陽が富士山頂に重なる時の絶景をダイヤモンド富士というんだ。都内を含む、関東、中部といった富士山周辺の一部の地域で見ることができる。これは太陽の丸い中央を白く抜いたように、ぎらぎらと輝いていて、何とも力強く、夕陽にありがちな寂しさとは無縁だ」

「白い太陽のイメージだったら、カラーレスのダイヤでは？」

わたしは訊かずにはいられなかった。

「いや、太陽そのものは、陽の光の黄色が極まった赤さだ。その黄色赤と白い輝きを足して二で割ったら、限りなく明るいオレンジカラーということになる。それに何より、無処理のレッドダイヤは雲の上の存在だし、カラーレスでは面白くない。わしもこの業者の目利きに一票」

そう言って、お祖父ちゃんは締め括った。

「向こうから何か言ってくるまで待っていた方が得策です」

「そうだよ、また、何、言い出すかしれたもんじゃない」

小野瀬さんと新太は止めたが、わたしは、パンプキンダイヤを買い付けた業者のメールと、リングの写真四枚をプリントアウトして、〝ルージュ・ア・レーブル〟気付けで純菜さんに送った。

――純菜さんはローズマリーの匂いに気づいてくれる人だった――

たしかに女一人で子どもを育てていくのは大変で、お金は強い味方になってくれる。

――夫が自殺したと思い込むのは、純菜さんが愛ゆえに、ひたすら、自分を責め続けているからなのだ。純菜さんがほしいのはお金じゃない――

書き替えた預かり証と返信用の封筒も同封した。

何日かして、最初に書いた預かり証が返信用ではない、鳩居堂の封筒に入れられて戻ってきた。純菜さんの手紙も一緒に。

トリート四点の委託販売をお願いします。

あなたからいただいた、業者さんからのメールにどんなにか、救われたかしれません。

医師だった夫はすでに、勤務先をクリスマスにダイヤモンド富士が見える、東久留《ひがしくる》米《め》に決めていたこともわかり、すぐに、ダイヤモンド富士という名が付けられている、無処理のパンプキンダイヤを、業者さんに事情を話し、ローンで買わせていただくことにしました。

夫はきっと、まもなく訪れるクリスマスの日、東久留米の新しい勤務地へわたしと子どもを連れて行ってくれて、ダイヤモンド富士を見せるつもりだったのだと思います。

自殺ではなかった、夫はやり直すつもりだったのだとわかって、心の重荷がすっかり取れました。

今は亡くなった夫の供養のためにも、一人息子を立派に育て上げたいと思っております。

来年には息子と二人でクリスマスのダイヤモンド富士を観《み》に行くつもりです。

ほんとうにありがとうございました。

南条純菜

相田青子様

純菜さんからの便りがあって、いよいよ、クリスマス間近となって、

「青子、電話だよ」

居合わせた新太が店の電話を取り次いだ。

「もしもし――」

「青子ちゃんね、しばらく」

村田さんだった。ただし、しばらくではない。

「クリスマスはかき入れ時だから、もう、もう、猫の手も借りたいほどなのよ。ねえ、どうかしら？　また、うちでバイトしてみない？　二回目だから、バイト代、もうちょい弾むわよ」

「無理です、すみません。クリスマスはうちの宝石屋も忙しいんです」

着物とアップヘアー、ドラキュラみたいな口紅はもう沢山だと言えずにいると、

「あら残念。あなた、天然キャラホステスの素質あるのに。まあ、いいわ、仕様がない。純菜に聞いたけど、あなたのとこ、店も開いてるんだそうね。年が明けたら、一度、寄らせてもらうわ。あたし、宝石には目がないのよ。宝石はやっぱり、ネットなんかじゃなくて、直にこの目で見ないと。掘り出し物が楽しみ――ふふふ」

向こうから電話は切れて、

「天然キャラホステスかあ――」

わたしは村田さんを真似《まね》てふふふと笑ってみた。

第2話　ロマノフ王朝からの贈り物って？

1

毎年、クリスマスが終わると、どたばた、あたふたと時間が流れて、気がついてみると大晦日《おおみそか》になっている。

それでもインターナショナル・ブルーホテル東京をクビになったおかげで、今年も年末の大掃除を新太と小野瀬さんに任せて、温子おばさんのお手伝いができた。

お隣りのカフェKOGAでは、三年前から、近所に住むお客さんたちのたっての希望で、ハーブおせちを売り出している。

「これができるのも、青子ちゃんのとこのハーブガーデンあってこそよ」

これは、いつものおばさんの口癖である。

おばさんが嫁いできた古賀家の古い家屋は、出世コースから外れた会社員の息子の前途を心配しつつ、癌《がん》で亡くなった舅《しゅうと》の英断で、何年か前に賃貸を目的とした低層ビルに建て替えられた。

その際、庭をつぶしてしまったので、おばさんは大好きなハーブの栽培ができなくなり、ややウツ気味になってしまった。

この時、元気のない母親の様子に心を痛めた新太が、ハーブガーデンのスペースを貸してほしいと、うちへ頼みにきた。

うちの方は何年も植木屋さんに入ってもらう余裕がなく、荒れ果てている日本庭園風の庭を持て余していたので、

「どうぞ、どうぞ、お好きなように」

お祖父《じい》ちゃんは即刻ＯＫし、以後、その頃、暇な大学生だった新太とわたしが懸命に、ガーデニングに精を出して、ハーブガーデンを仕上げたのであった。

そんなわけで、うちの庭には日本庭園風だった頃の面影はもう、どこにも残っていなかった。

——お祖父ちゃん、松とか、紅葉とかなくなっちゃって、寂しいんじゃないかな——

松も紅葉も手入れを怠ったせいで、枯れかけているのを始末したのだが、西洋風な店内から見渡せる日本庭園風の庭は、相田宝飾店の全盛期を物語るものだったはず——。

けれども、わたしの心配とは裏腹に、

「ドライハーブとやらは今一つだが、温子さんにもらった生の葉を使ったミントティーはまあまあだった。春、夏だけではなく、生のハーブの葉を楽しみたいのが今風じゃあないのか？」

言い出したお祖父ちゃんは、わたしに相談もせずに、知り合いの大工さんを呼び、ハーブ用の温室を造らせてしまった。

以来、庭からも入れる温室のハーブの世話は、毎朝通ってくる温子おばさんの役目となり、カフェKOGAでも、わたしたちもフレッシュハーブの恩恵に与《あずか》っている。

KOGAのハーブおせちにも、このフレッシュハーブがたっぷりと使われていて、大好評であった。

「瓶に入って売ってるドライものは、香りが強いだけじゃなくて、干した草特有の臭みがあるのよ。あれ、シチューとかスープの煮込みにはいいんだけど、オードブルとか、サラダにはとても使えない。その点、フレッシュは香りがとてもまろやかで、気になる臭みもないから大丈夫なの。ヘルシーでお洒落《しゃれ》だし、何より美味《おい》しいって、皆さん、喜んでくださるのよ」

ハーブの話をする時のおばさんの目は、いつも少女のようにきらきらと輝いている。

そのおばさんが、

「いいのかしらねえ、忙しい青子ちゃんに手伝ってもらっちゃって――」

ためらいながら、ハーブおせちのメニューを伝えてきたのは、三日前、二十八日のことだった。

メニューは以下のようなものだった。

モロッコ風ニンジンとミントのサラダ
マッシュルームのサーディン詰め
カブのタイムマリネード
カントリー風ハーブソーセージ
海老《えび》のハーブ焼き
イカのマリネード・トスカーナ風
ハーブ風味のヨーグルトチーズ
チキンレバーパテ
ローズマリーワイン

「わたし、モロッコ風ニンジンとミントのサラダと、チキンレバーパテは得意です」

この二品はいつだったか、休みの日におばさんに教わったことがあった。

――あとのは、何となく、できそうな気はするけど、おせちともなれば、見栄えをよくしなきゃならないし――

「ありがたいわ、引き受けてくれた二品、意外に手間がかかるのよ」

こうして、大晦日当日、わたしとおばさんは二手に分かれて料理を始めた。

血抜きをして脂を取り除いた鶏《とり》レバーをぶつ切りにして、薄切りのブラウンマッシュルームとみじん切りのチャイブ（ハーブの一種、ねぎ風味）に、ニンニクとパプリカを加え、

中火のフライパンで炒めていると、

「やってるね」

新年二日の初売りの福袋に入れる新作をつくっているはずのお祖父ちゃんが、キッチンに顔を出した。

「やけにいい匂《にお》いがしたものだから、つい――」

「手伝ってくれるなら、そこにいてもいいわよ」

「出来上がったら呼んでくれ。そいつは温子さん直伝のチキンレバーパテと見た。とにかく、あれは美味《うま》いからねえ。トリュフに似て非なる、濃厚な美味さだ。よく合うワインもうちにまだある――。チキンだが、白ではなく赤か、それともやはり、辛口の白か――。悩ましいね」

お祖父ちゃんは楽しみでならない様子で、そわそわしながらキッチンを出て行った。

この後は辛口の白ワイン、ディル（ハーブの一種、フェンネルに似た独特の風味）を入れて、塩、タバスコを加え、チキンレバーに完全に火が通ったら下ろして、器に取って冷ます。

温子おばさんが予約を受けた数は五十軒分なので、うちにある家庭用のフライパンでは、一回ではとても炒めきれない。この作業が三回続いた。

炒めたパテの素《もと》が冷める間に、モロッコ風ニンジンとミントのサラダを作り始めた。

まずは、みじん切りのミントと、サラダ油、レモン汁、おろしたニンニク、クミンパウダー（カレー粉に使うスパイスの一つ）、ハチミツ、カイエンペッパー（唐辛子の一種）、塩、

胡椒《こしょう》を混ぜてドレッシングを作っておく。

あとはただただ、二十本以上あるニンジンを、千切りにしていくだけである。

——これに使うミントはスペアミントってことになってるけど、ペパーミント、アップルミント、パイナップルミントだっていいんじゃない？——

わたしは階段を下りて温室へと急いだ。

これらのミントは、りんご、パイナップルはその名の通りの風味で、ペパーミントには胡椒のようにつんと来る鋭さがある。

温室でペパー、アップル、パイナップルのミントの葉を摘み取ると、みじん切りにして、先に作ってあったドレッシングと同じ要領で、各々《おのおの》、ほんのちょっとテイストの違う、各種ミントのドレッシングを、おばさんレシピのスペアミントのものと同量作ってみた。

「スペアミント、ペパーミント、アップルミント、パイナップルミント、どのミントがニンジンとぴったりくるか、迷ってるの。食べ比べてくれない？」

様子をのぞきにきた新太に勧め、別に小皿を四皿用意して、自分でも試すことにした。

2

神妙な顔で各々の小皿にフォークを伸ばした新太は、

「ニンジンの甘さには、りんごとパイナップルの匂いのやつがしっくり合う。これなら、ミントをあんまり好きじゃない奴も抵抗ないよ。でも、酒飲みは切れ味のいいペパーミン

トじゃね？」

「そこのとこを考えるとやっぱり、無難なスペアミントかな？」

「うん、まあ、そうなるかな」

香りに甘さのあるスペアミントはペパーミントほど風味は鋭くない。

――おばさんのレシピが正解だったのに、何のために試作したのか――

わたしが少々、落ち込んでいると、

「青子って、やっぱし祖父ちゃん似だよな」

新太がぷっと吹き出し、

「普通じゃない、並とは違う拘《こだわ》りぶり。血は争えないんじゃないか」

――そうだったのか――

何だかきまりが悪かった。

作った四種のドレッシングが入ったボールをながめて、

「これ、もったいないから全部、スペシャルでサービスしようよ。そうすれば、ハーブおせちを買ったお客さんたち、自分のとこのサラダに試したりして、いろいろ楽しめるだろうから。売ってる弁当なんかに付いてるプラスチック容器、今回、おふくろが大量に買い付けてたから容《い》れ物はＯＫ。俺、これから持ってくるよ」

「ありがとう」

わたしはほっと胸を撫《な》で下ろした。

いる。


「青子、あとお客さんが取りに来るまで、三十分ほどしかないから――」

プラスチック容器が入った袋を手にして戻ってきた新太は、小野瀬さんを後ろに従えている。

「考えたら、どうやって、この小さい口に、こいつらを容れるのかって思ったんで、相談したんだよ」

「シャンデリアの埃《ほこり》取りの時も相談を受けました」

こほんと咳《せき》をした小野瀬さんの掃除の腕は、プロ並みで、古びた絨毯《じゅうたん》やカーテンを見事に甦《よみがえ》らせる。大掃除の後の店内は、どこもかしこもぴかぴかになっている。

「お話を伺いましたところ、必須アイテムはこれでしょう」

小野瀬さんは上着のポケットからスポイトを二本、取り出して見せた。

「これはわたしの七つ道具の一つです。未使用のスポイトですので、ドレッシングを移すのに使っても大丈夫です。作業は二人で、あとの一人はラベルに品名を書いて、貼《は》っていきませんと、どれがどれだか、わからなくなります」

こうして、わたしたち三人は分担して、無事、容器に四種のミントドレッシングを容れ終えると、飛ぶようにして、おばさんの待つカフェKOGAのキッチンへと運んだ。

すでにハーブおせちボックスが出来上がっている。

マッシュルームのサーディン詰めとカブのタイムマリネード、イカのマリネード・トスカーナ風、ハーブ風味のヨーグルトチーズが白のグループで、海老のハーブ焼きと赤身の

挽《ひ》いた豚肉で作る、カントリー風ハーブソーセージ。そして、やっと間に合った、モロッコ風ニンジンとミントのサラダ、茶褐色のチキンレバーパテが紅のグループで、新年が祝われている。

これに魚の形の薄緑色の瓶に入っている、ローズマリーワインが添えられるのだ。

「ありがとう、青子ちゃん。おかげで助かったわ」

おばさんはビニールの風呂敷《ふろしき》に包んだハーブおせちボックスと、ローズマリーワインをわたしに手渡してくれた。

家に戻って、キッチンを片付け、兼リビングになっている店へ下りて行くと、

「終わった、終わった、やっと終わったぞ」

お祖父ちゃんはストレートでスコッチウイスキーのグラスを傾けていた。

小野瀬さんの方は必死に、出来上がっている、ピンクスピネルのペンダントネックレス十点の撮影をしている。

「君も早く終わらせてこれ、飲みなさい。大晦日は昼から酒と相場が決まっておる」

——相手は仕事中なのに、もう、お祖父ちゃんたら——

わたしはお祖父ちゃんをほんの少し睨《にら》んだが、小野瀬さんはいつものような皮肉めいた言葉を返すこともなく、

「ありがとうございます。もう少しですのでお待ちください」

シャッターボタンを押し続けている。

最近、気がついたことなのだが、この二人はなかなか気が合っている様子だ。力になってくれている小野瀬さんを、お祖父ちゃんがよいしょするのでも、雇用されている小野瀬さんがお世辞を言うのでもない。

お祖父ちゃんは小野瀬さんに、コンビニ調達の朝食やおやつを分けてもらっているし、逆に小野瀬さんはお祖父ちゃんが勧めるお酒を、滅多に断らないのである。

――わからないものだわ、人の相性って――

わたしはくすっと笑いかけて、あわてて、手で口元を隠した。

「それにしても綺麗《きれい》だわ、ピンクスピネルって、とっても」

女性はホルモンの影響でピンクに惹《ひ》かれるという話もあるが、わたしも例外ではない。

「力強く、シャープなピンクスピネルともなると、このタンザニア産のアヤナスピネルが一番だろう」

お祖父ちゃんは愛おしそうに、撮影の終わったアヤナスピネルを手にして、

「アヤナとはタンザニアの公用語であるスワヒリ語で、美しい花、野の花という意味だ。暑いアフリカでは野の花も可憐《かれん》な風情では生きられず、きっと、激しいまでに鮮烈なこのピンクの輝きのように逞《たくま》しいのだろう」

しみじみと見入っている。

お祖父ちゃんが福袋用に作った新作は二種類。一つはオーバル（楕円形《だえん》）カットされた、1カラット弱のアヤナスピネルの中石の上下左右に、三粒ずつダイヤのラウンドを配して、

十字架のように留めたペンダントネックレスである。

もう一つはダイヤの代わりに一月の誕生石でもある、ツァボライト（グリーンガーネット）を使って、先端には、薄い削《そ》ぎカットのテーパーダイヤで伸ばして大きさを出し、左右上下の中央四箇所に、淡い紫のタンザナイトとダイヤのアレンジを入れて、ゴージャス感満点に仕上げたペンダントネックレスだった。

これが五個ずつ仕上げられて、二万円の福袋に入れられる。

「ツァボライトやタンザナイトの入ってる方が、おトク感があるわね。でも、アヤナスピネルにダイヤを留めた方もすっきりしていて素敵」

「アヤナスピネルは市場では滅多に見かけない貴重な石だが、もし、店で売られていたとしたら、チェーン抜きのペンダントヘッドだけでも、十五万円は下らないはずだ」

「スピネルはルビー、サファイアと比べて、カラット数の割りに大きく見えるのもうれしいところ――」

――大きさのある石を身につけていると、元気が出てくるもの――

「それはスピネルの比重がルビー、サファイアよりも軽いせいだ」

――3カラットぐらいある、この色のピンクスピネルの一粒石を使って、これぞという、一生の守り神になるようなリングをデザインしてみたいな――

ふとそんな想《おも》いが心をよぎった。

大粒のアヤナスピネルの花が、タンザニアの陽射《ひざ》しの中にいちめんに咲き乱れて、ぎら

ぎらと輝いている。

——でも無理——

大きな石が採れないスピネルの3カラットは、入手がなかなか困難な上、高品質のアヤナスピネルともなると、百万円は下らないはずである。

——デザインなんてしたこと、一度もないんだし、これは夢よ、夢——

わたしがひたすら自分を叱《しか》りつけていると、撮影を終えた小野瀬さんは、お祖父ちゃんの注いだグラスを手にして、

「そうそう、こんなのもありました」

コンビニ売りのミックスナッツの袋を開けた。

「実はお二人にご相談しておくことがあるんです」

スコッチを一口飲んだ小野瀬さんは眼鏡の奥の目を和ませている。

「何かね、改まって」

「実はこんなものが——」

小野瀬さんは、整理し終わった委託品の中から、古びた小さな桐《きり》の箱を取り出して開けた。

薄緑色の石である。

1カラットオーバーのペアシェイプ（しずく形）の中石の周りを、ぐるりとメレダイヤが囲んだ花のモチーフで、茎の部分には、双葉が等間隔で五列並べられている。ハット・

クラスプのようなブローチで、メレダイヤを鏤《ちりば》めたリボンデザインの大きな留め金の中央から、ペアシェイプの薄緑色の花とダイヤ使いの葉が逆さに吊《つ》られていた。

「淡い色のツァボライト？」

薄緑色のその屈折率は紛れもなくガーネット族であった。

――それにしては、年代物だわ――

宝石質のツァボライトは、たいていが、一九六八年、ケニアのツァボ国立公園で発見されて以降のものである。

3

「これはツァボライトではない」

お祖父ちゃんは、そのブローチを手に取ってしげしげと眺めた後、自分の部屋にルーペを取りに行った。

「見てごらん」

わたしに薄緑色の石に当てたルーペを覗《のぞ》かせる。

「わ、凄《すご》い」

思わず叫んでしまった。

石の中央から湧《わ》き上がるように針状の光が複数、強烈に煌《きら》めいているだけではなく、謎《なぞ》めいた七色の光が放たれ続けているではないか。

「わたしにも見せてください」

わたしは小野瀬さんとルーペ覗きを代わった。

「これはデマントイドガーネットですね」

小野瀬さんの声が震えた。

「どうやらそのようだ」

お祖父ちゃんも興奮している。

「デマントイドガーネット、聞いたことはあるけど――」

デマントイドガーネットは、ロシアのロマノフ王朝（一六一三～一九一七）の頃に、ウラル地方で発見された、緑色の貴重なガーネットであるが、ロシア革命（一九一七年）以後は幻の存在となってしまっている。

わたしはこれまで一度も目にしたことがなかった。

「面白そう、俺にも見せてくれよ」

ハーブおせちの受け渡しが一段落ついたらしく、店に入ってきていた新太が、小野瀬さんからルーペとブローチを取り上げて、

「何だ？　この輝き、マジで綺麗だな。まるで、ダイヤの虹《にじ》色みたいだ。こんなどうってことのない石に、ここまでのパワーがあったなんて驚き、驚き――」

無邪気な歓声を上げた。

「そもそもデマントイドとは、オランダ語でダイヤモンドに似ているという意味だ。ロシ

ア語でないのは、当時の世界の宝石市場がオランダ等に牛耳られていたからだろう。今、みんなが見た針状の煌めきは、古くからホーステールと称されている。一八五三年の発見以来、デマントイドが高級宝石として君臨し、ロシア宮廷やヨーロッパの貴族たちの間でもてはやされ続けたのは、このホーステールが、馬を愛する彼らにとって、〝幸運の象徴〟と見なされたからだろう」

「でも、お祖父ちゃん、ホーステールって、インクルージョン（内包物）よね」

わたしは訊《き》かずにはいられなかった。

普通、宝石にはインクルージョンは少ない方が良いとされている。

「デマントイドのホーステールは別格だ。正確にはホーステール・インクルージョンと呼ばれていて、デマントイドは、ホーステールがあるものが高い価値を持つ」

「えっ？　ホーステールの入ってない、デマなんとかってあるの？」

新太は目を白黒させた。

「近頃の採掘状況はあまりくわしくないので――」

お祖父ちゃんは小野瀬さんの方を見た。

「ロシアの他にもナミビア、イラン、パキスタン等で採れていますが、ホーステールの出る最高品質が産出されるのはロシアだけです。また、ロシア産だからといって、すべてのデマントイドにホーステールが出るわけではありません」

「へえ、ロシアのデマンなんとかって、特別なんだね」

「デマなんとかでも、デマンなんとかでもなく、デマントイドです」

小野瀬さんはこほんと咳をして、

「ロシアのデマントイドは革命以後、国名をソビエト連邦と改称し、宝飾品の取り扱いを禁止したので、原石は破壊され、クロム、アルミニウム、鉄等が取り出されました。再び、宝石として注目が集まり、採掘が始まったのは、ソビエト連邦が崩壊し、国名をロシアに変えた後の二〇〇二年からのことです。といっても、ホーステール入りの極上品の産出量は少ないので、わたくしたちが巡りあえて目にすることができるのは、ごく限られた機会なのです」

──小野瀬さん、よく知ってるのね──

わたしは屈折率でしか、宝石を見分けられない自分が恥ずかしくなって目を伏せた。

──ファンシーカラーダイヤのトリートの時もそうだったし──

「ソビエト崩壊後に採られて加工されたものにしては、それ、ずいぶん、古く見えるけど──」

新太は桐の箱に戻されたデマントイドのブローチを見つめた。

「加工に使われている金属がプラチナと十四金で、ダイヤのカットや磨きが今ほど洗練されていない。これは十九世紀末のアンティークジュエリーではないかと思う」

お祖父ちゃんは言い切った。

「やはり、そうなのですね。実はわたくしもそう思っていました。プラチナとイエローゴ

ールド、銀色と金色の両方が、当たり前のように、一つのジュエリーに使われるのも、アンティークの特徴の一つなので」

小野瀬さんも相づちを打った。

——百年以上も前のアンティークですって‼——

わたしは胸がどきどきしてきた。

「そのアンティークブローチも、〝一月誕生石スペシャル〟にアップするの？」

「それをどうしたものかと——」

小野瀬さんは迷っている様子だった。

相田宝飾店ネットショップでは、各月毎《ごと》に誕生石の委託品を特別なプライスで提供している。

一月の誕生石はガーネットで、神秘的な暗赤色のアルマンディンや、紫の薔薇《ばら》色が沈んでいるロードライト、ぱっと明るいオレンジカラーのマンダリン、グロッシュラーガーネットというのが正式名のツァボライト等の種類がある。

これらガーネット族を加工したリングやペンダントヘッドが、かなりの数集まってきていた。

「ガーネットは産出量が多いので、年末年始を過ごしたお財布にも優しいわね。それに何より、赤が安く買える石なんて、滅多にないんだから、特に一月生まれの人は見逃さないでほしい」

たいていの宝石は赤色の産出が僅《わず》かなのだが、ガーネットに限っては暗赤色のアルマンディンが最も多く採れるので安い。次いで赤紫系のロードライトである。

わたしは委託品のガーネットを、小野瀬さんが張り切ってアップしようとしていた時、アルマンディンやロードライトの撮影にあれこれ注文を付けた。

オレンジのマンダリンや蛍光グリーンに近いツァボライトは、ぱっと派手に撮れるのだが、ガーネットの赤族は茶色がかったり、地味な紫になってしまい、とかく、映りがよくないのである。

――この子たちのこれ‼　っていう表情を是非見てほしいから――

「アンティークのデマントイドって、いったい幾らするものなのかな？」

新太がお祖父ちゃんの方を見ると、

「まあ、中石が1カラットアップのものだし、五百万円は下らないだろう」

あっさりと言ってのけた。

「ふーん。さすがにもう、俺も驚かないけど、ずいぶん、値段って違うもんだね。誕生石スペシャルのほかの委託品とは――」

新太はため息をついた。

「特設コーナーの初売りの後に、特別品としてアップしてはいかがでしょう？」

小野瀬さんが提案した。

「売れても売れなくても、こういう歴史を感じさせる商品があると、イイ感じよね」

わたしも賛成して、

「それではそうしよう」

お祖父ちゃんは頷《うなず》き、福袋の販売完了の後にアップすることになった。

「では早速」

小野瀬さんは一口飲んだだけのグラスを置いて、アンティークのデマントイドガーネットブローチの撮影に取りかかった。

「いいですよ、実に――」

わたしにもデジカメを覗かせてくれて、

「ね、アンティークって、どう撮っても絵になっていいんですよ、いい」

「味があるのよね」

「どれどれ」

新太も覗きたがって、

「五百万円だからだよ」

お祖父ちゃんもみんな、笑い転げた。

――四点で二百万円で売れた純菜さんのトリートダイヤリングの委託料は、半額っていう売り出しだったから、十万円だったけれど、もし、これが売れたら委託料は五十万円。借金がまた少し減る――

この後、定刻に小野瀬さんは帰って行った。

「今夜はどうするんですか？」

わたしは一緒にカウントダウンをしましょうと言いたかったが、

「いつも通りです。明日の九時にはここへまいります。テレビ通販がオンエアされているんですよ。ネット販売も気は抜けません」

小野瀬さんはとりつくしまがなかった。

そんなわけで、大晦日の夜は、お祖父ちゃんとわたし、時々、新太が出入りして、ハーブおせちを摘みながらの年越しとなった。

わたしと新太は甘口のローズマリーワインを、お祖父ちゃんはイタリア赤ワインの女王と言われている、バローロを楽しんだ。

例年通り、お祖父ちゃんはオードリー・ヘプバーンの〝ローマの休日〟のDVDを自分の部屋で見て、わたしは久々に最初から最後まで紅白を見た。

「あとで初詣、誘いに来るよ」

新太が家に帰った後、ベッドに潜り込んだ。

――まあ、去年はそこそこ頑張った年だったけど、今年も気合いを入れて、借金を完済しなくっちゃね――

自分に言い聞かせているうちに、すやすやと眠ってしまった。

4

福袋のアヤナスピネルとツァボライトのペンダントネックレスは、新年二日の午前0時きっかりに売り出されて、用意した十袋が七分で完売した。

すぐに宅配便の代引きでお送りすると、三日の夜には、お客様からの喜びのメールが次々に届いた。

〝売り出し直後から、なかなかネットがつながらず、激戦だった。でも、勝利、よかった〟、〝最高のお年玉かな？〟、〝うれしい、安かろう悪くなかろうでびっくり〟、〝わたしのはダイヤのシンプルスタイルだったけど、ゴージャスバージョンも欲しい〟、〝今時珍しい丁寧な造りに感動。委託品も楽しいけど、もっと新作を出して〟等々であった。

「新作を出せとは痛いところを突かれましたね」

小野瀬さんが苦笑した。

パライバトルマリンのリングとペンダントヘッドのセット販売の時も、お祖父ちゃんの新作は大好評だった。

「何せ、業界にこの人ありと言われて、一世を風靡《ふうび》したこともある、相田輝一郎の作品ですから」

お祖父ちゃんはその場にいなかったが、わたしは胸を張って見せた。

西洋のアンティークジュエリーに和のテイストを無理なく取り入れる、お祖父ちゃんの

ジュエリーには、どれもほっと人を和ませる、優しさと温かさが溢《あふ》れている。

「相田さんの作品の評判がいいのは結構なことなんですが――」

「何か問題でもあるの？」

わたしは内心むっとしていた。

――あれだけ仲良くしてるのに、この裏切り者――

「相田さんの造りが良すぎるので、委託品が見劣りして見えるのです。もちろん、全部が全部ではありませんが――。造りがイメージ通りじゃないって、返品なさるお客様もおいでです」

「お祖父ちゃんのような造りでないとお気に召さないのね」

「相田さんの新作が評判になればなるほど、お客様方の目も肥えて、委託品は売りにくくなるのではないかと思います」

「お祖父ちゃんに新作造りはやめろってこと？」

「とんでもない。そんなことをしたら、相田宝飾店ネットショップへのアクセスは減って、いずれ委託品は売れなくなってしまいます」

「どうしろというんですか？」

「ジュエリーマンバラに借金を完済した後は、徐々に、委託販売から新作オリジナル販売に切り替えるべきだと思うのです。半々ぐらいが理想です」

「でも、お祖父ちゃん、年齢《とし》なんだし、そんなに沢山は造れないわよ」

　すると、小野瀬さんは眼鏡の縁をあげて、まじまじとわたしを見つめた。

「ヨーロッパのジュエラーは親子代々が多いと聞いています。宝石界のピカソと言われているムンシュタイナーさんだって、息子のトムさんを後継者にしていますし」

「そういうケースは、小さい時から仕込み、仕込まれてるのよ。大学の観光学科を出ただけのわたしにできるわけがないでしょ」

「青子さんは、屈折率で宝石を見分けることのできる、御先祖石右衛門さん譲りの力が備わっている、相田さんご自慢のお孫さんです」

「だけど、宝石は屈折率が万能じゃない。トリートのファンシーカラーダイヤも、デマントイドガーネットだって、言い当てられなかったもの――」

「それは青子さんがジュエラーに必要な経験や知識、技術を、まだ得ていないからにすぎず、この手のものは、その気になりさえすれば、ある程度は身につきます。そもそも、青子さんしか、ここを継ぐことのできる人はいないのですから」

　小野瀬さんは強く押してきたが、

「今はわたし、お祖父ちゃんとここを追い出されて、ホームレスにならないよう働いてるだけでいっぱい――。他のことは考えられない」

　あいまいに躱《かわ》してしまった。

　――相田家や御先祖様、お祖父ちゃんのために、そうしなきゃいけないっていうよりも、そうしたいっていう気持ちがあるのよね、わたしには――

大粒のビビットピンクのアヤナスピネルの夢を、もう一度見たいと思っている――。

七草粥の朝ご飯をお祖父ちゃんと二人で食べた日の午後、委託品の仕分けで一息ついていると、玄関のブザーが鳴った。

ドアを開けると、クラブ〝ルージュ・ア・レーブル〟のママ村田由希子さんが立っていた。

「お邪魔いたします」

村田さんの着物は緑色の大島紬《つむぎ》で、髪留めと帯留めは、琅玕《ろうかん》細工の梅の花で揃《そろ》えていた。琅玕とは翡《ひ》翠《すい》の最上級品で、新緑の煌めきの中にうっすらと青い影を宿らせている。何とも美しい、東洋的な深みのある色合いである。

今日の口紅はオレンジピンクで化粧は控えめだ。

とはいえ、着物の着こなしが粋《いき》で、ばっちり髪型も決めているので、とても素人には見えない。丸顔とやや膨らんだ身体《からだ》つきが貫禄である。

「わしは、まだ仕事が残っている」

お祖父ちゃんは逃げるように階段を上っていってしまった。

「暮れにはありがとうございました」

わたしは頭を下げて、村田さんを招き入れた。

「お世話になった〝ルージュ・ア・レーブル〟のママさんです」

居合わせた小野瀬さんと新太に紹介すると、

「俺もおふくろの手伝い思い出した」

新太もリビングを出て行き、小野瀬さんはぺこりと頭を下げただけで、すぐにまたパソコンに向かった。

――みんな、この手の人が苦手なのね――

わたしは温室からレモングラスとレモンバーム、スペアミントを摘んできて、ハーブティーを淹《い》れた。

これは万能受けするブレンドである。

「ハーブティーには合わないかもしれないけど――」

村田さんは日本橋にある長門《ながと》の切り羊かんの包みを差し出した。

長門は江戸時代から続く和菓子屋さんで、ビルの間に縮こまるかのように小さく店を営み続けている。ただし、その味は縮こまるどころか、絶品で、事前予約か午前中に並ばないと売り切れてしまう。

「あなたのお祖父さん、相田輝一郎さんの大好物だって聞いてますから」

「どうして、それを？」

お祖父ちゃんはワインやスコッチと同じくらいお菓子に目がなかった。特に長門の切り羊かんは、素材を生かした、あっさりした自然な甘みが最高だと何度も聞かされていた。

「それはお会いしてのお楽しみ――。相田さんに、船田《ふなだ》けい子《こ》さんの知り合いだと伝えて

ちょうだい」

わたしがこの言葉を伝えると、

「そりゃあ、是非とも、会わないわけにはいかん」

緊張した面持ちで部屋を出てきたお祖父ちゃんは、リビングのソファーで村田さんと向かい合った。

「ほう、今はあなたが、それを着けておいでですか」

お祖父ちゃんの目はなつかしそうに、村田さんの髪留めと帯留めを見ている。

「クラブ〝ルージュ・ア・レーブル〟の村田由希子でございます。けい子姉さん、いえ、船田けい子さんには、この世界に入った時、とてもお世話になりました。うちにいる純菜や青子さんからこちらのことを聞いて、もしやと思って、ネットショップを覗いたところ、間違いなく――」

村田さんが言葉を詰まらせたところで、

「青子、ハーブティーの後は、とっておきの玉露を淹れてくれ」

お祖父ちゃんが言った。

わたしはキッチンへ行くことになり、残念ながら、そこからの話は聞けなかった。

香蘭社《こうらんしゃ》の茶碗を選んで、気合いを入れて、丁寧に玉露を淹れて戻ってみると、

「パソコンはやっとやっと、ほんの少し、動かせるくらいなんです。ですから、こちらの福袋の時、ずっとパソコンの前で気合を入れていたんですけど、もたもたしていて、とう

とう、買えなかったのです。けい子姉さんのことをお伝えしなきゃっていう気持ちもありましたけど、あのアヤナスピネルっていう石の鮮やかなピンク、女の運と元気を一緒に貰《もら》えそうで、なかなか諦《あきら》めきれなかったんです。もう、夢にまで見たんですよ」

村田さんはふふふとお得意の艶《つや》っぽい笑いを洩《も》らした。

「そりゃあ、光栄だ。久々に若い頃拵《こしら》えた琅玕の細工物を見せて貰えた上、こうして、好物までいただいてしまった。何かお礼が必要ですな。任せておいてください。石は何とかしてお造りします」

「あの、できればシンプルとゴージャス、2パターン、お願いできればと――。特に夏場なんかは、洋服で過ごすことが多いので、そうなると、あたしのような年齢の者には、胸に必ず何か要りますでしょ。ですから、ペンダントは気に入ったものがあると、必ず買っておくことにしてますの」

――えっ？　ウソでしょ。ちょっと厚かましいよ。でも、お祖父ちゃんの昔っからの共通の知り合いがいるみたいだけど――

「わかりました、わかりました」

お祖父ちゃんは上機嫌で、美味しそうに切り羊かんを頰張《ほおば》った。

5

「けい子姉さんの引き合わせかしらね、楽しい宝石屋さんを見つけてしまったわ」

ふふふと笑いながら、村田さんが帰った後、

「大変なことが起きました」

小野瀬さんが興奮気味にわたしに告げた。

「先ほど、アップしたばかりのデマントイドのアンティークブローチが売れてしまいました。正確には一時間五分で売れたのです」

――これで五十万円が確実――

咄嗟《とっさ》に閃《ひらめ》いた。

「おめでたいわね」

お正月は終わってしまっていたが、祝杯を挙げたい気分だった。

「お祖父ちゃんに報告してくる」

わたしは早速、お祖父ちゃんの部屋のドアを叩《たた》いた。

「あの人は面白いが、いささか疲れたな」

お祖父ちゃんはベッドの上で横になっていた。

アンティークデマントイドが売れた話をすると、

「ふーん、そうか」

全く動じていない。

「こんなに早く高値の商品が売れるの、パライバやブラックオパール以来よ」

稀少《きしょう》な宝石である、青いネオンカラーのパライバトルマリンと、七色の斑《ふ》の輝きが、天

井知らずの芸術品に等しいブラックオパールは、高値ではあっても出回っている量が多いホワイトダイヤ等と違って、アップしたとたん、待ってましたとばかりに完売してしまう。

「さて、ねえ」

ふと洩らした。

「すぐキャンセルか、いたずらだとでも？」

相手の見えないネット販売では、時折、注文のボタンを押した後で、キャンセルのメールを送りつけてくる、迷い多き注文主やいたずら半分の愉快犯がいる。

「心配なのは、注文してくださったお客様の方じゃない」

「でも、委託された方には、すでに売り値をメールしてあるはずだし――」

「了解メールはまだ届いていないと、今日の朝、小野瀬さんが言っていたぞ」

「でも、うちで付ける売り値は他店より高いのよ。これに文句つけてきた人なんて、今までに何人もいないのよ。アンティークデマントイドは五百万円という高値なんだし。それに、小野瀬さんのことだから、ＯＫを取りつけてからアップしたはずだわ」

「それならかまわんが、わしは気にかかる」

起き上がったお祖父ちゃんは、わたしと一緒に階段を下りた。

「困ったことになりました」

真っ青な小野瀬さんの顔から興奮と喜びが消えている。

「まさか――」

「あれを委託された方が、やはり、取り止めにすると心変わりされてしまって——」

小野瀬さんは相手から届いたばかりの返信メールを見せてくれた。

　冬山で正月を過ごしていたので、返信が遅れました。

　一人でいろいろ今後のことを考えていて、やはり、あれは売らないことに決めました。

　あしからずご了承ください。

　軍人だった曾祖父《そうそふ》の形見の品で、祖父、父と代々、家宝扱いしてきたものですので、今から、そちらまで引き取りに行きます。

大村繁樹《おおむらしげき》
「購入いただいた方に差し上げげた、確認メールのご返信も届いています」

小野瀬さんは悲鳴に近い声を上げた。

　理由《わけ》あって、デマントイドのアンティークブローチを数多く探してきました。

　そして、とうとう、運命の出逢《であ》いができました。

　現品を拝見させていただいてから、お支払いをいたしますが、まず、これで間違いなさそうです。

わたしは渋谷の初台に住んでおりますので、明日の午後にでもそちらへ伺わせていただきます。

松枝永子《まつえだえいこ》

「OKを取り付けずにアップしてしまったのはわたくしの完全なミスです。新年らしく、歴史と格調が同居している品を、是非とも皆さんに見ていただきたくて――。こんなに早く、買い手がつくとは夢にも思っていませんでした」

小野瀬さんはうなだれた。

「新品のジュエリーと委託品やアンティークとの違いは価格だけではない。新品には作り手の念が籠《こ》もっているだけだが、一度、使われたジュエリーには、どんなものにでも、使い手の想いがこれに加わっている。何代も時を経ている、歴史のあるアンティークともなると、なおさら、その想いはずっしりと重い」

「もしかして悪霊？　おーこわこわ――」

村田さんが帰ったのを見澄ました新太が店に入ってきていて、わたしたちのやり取りを聞いている。

「そうではないよ。御先祖様の品を売る場合、よほど、暮らしに困っていない限り、御先祖様を敬う供養の気持ちから、手放し難くなるのが当たり前だとわしは思う」

「とにもかくにも、わたくしが迂闊《うかつ》で――」

繰り返す小野瀬さんを、

「気にすんなよ。俺だってやっちまうミスなんだから、くよくよすんな」

珍しく新太が慰めた。

――あんただったら、必ずしでかすミスでしょうが――

わたしは吹き出しそうになったが、新太のバカな一言で、小野瀬さんが発していた強い絶望オーラが一挙に薄まった。

「そうよね。みんなで落ち込んでても仕方がないよ。これから大村繁樹様はおいでになってしまうのだし――」

とは言ったものの、正直、これがベストだと思える考えは浮かばなかった。

――大村様にお返しして、松枝様のお叱りを受けるというのが、まあ、順当なのだけれど――

それでは五十万円は入ってこない。

――大村様を何とか説得したい――

「わたしが大村様とお話ししてみる」

「いいのですか？」

小野瀬さんはおずおずと念を押した。

「やってみる。できるかどうか、わからないけれど、この商談を成立させたいから」

こうして、わたしは応対を請け合った。

やってきた大村繁樹さんは、三十五、六歳。背は高く、りりしい醤油《しょうゆ》顔で、背広姿こそ決まっていたが、全体的に老けて疲れた印象を受ける。

「お確かめください」

まずは預かっているアンティークのデマントイドをお見せして、

「間違いありません、預けた物です」

大村さんはすぐに、桐箱に入れて持ち帰ろうとした。

「この中石に使われている宝石の名は御存じですか？」

つい訊《たず》ねてしまった。

「いや――」

「デマントイドガーネットという名の稀少石です。最高品質のものはロシアでしか採れません」

「デマントイドですか――高い石なのですか？」

「この程度の1カラットオーバーですと、石だけで百万円は下らないはずです。もっともこれは、掘られていた鉱山が閉山になってしまっている現在、手に入ればの話です。お預けいただいたお品は、珍しいこのデマントイドガーネットを使ったアンティークですので、さらに価値が上がって、メールでお知らせした価格になります。実は是非、買いたいという方がおられるのです」

わたしは思い切って切り出した。

「売り値にＯＫしなければ、アップはされないはずですが」

大村さんは眉《まゆ》をしかめた。

「こちらの手違いでアップしてしまったところ、すぐに、買いたいというお客様が名乗り出てこられたのです」

「それはわたしとは――」

関係がないという言葉を大村さんは呑《の》み込んだ模様である。

「こちらの手違いはお詫びいたします。ですが、もう一度考え直していただけませんか？」

「そちらは金にしたいということですね」

大村さんの声が尖り、表情が仮面のように強ばった。

「これほどの想いを抱いて、この品を探しておられた方の気持ちをご理解いただきたいのです」

わたしは大村さんに松枝永子さんのメールを見せた。

「運命の出逢いとおっしゃっています」

「それもわたしとは――」

大村さんは顔を背けた。

「わたしは何が何でも、形見のブローチを売ってください、と言っているのではありません。あなたがもう少し、御先祖様の形見について、知っていてもいいのではないかと思う

のです。急に売るのを取り止めたのは、売らないでくれという、御先祖様の声が聞こえたからですよね？」

御先祖様の話はお祖父ちゃんの受け売りである。

「よくおわかりですね」

大村さんの顔から仮面が外れて垂れ目が目立った。泣き顔に近いように見える。

「わたしはこの三月で四《よ》つ葉《ば》銀行を退職することに決めています」

四つ葉銀行は三大メガバンクの一つで行員はいわゆるエリートである。

6

大村さんは堰《せき》を切ったように話し出した。

「入行以来今まで、妻に愛想を尽かされ、離婚されるほどのワーカーホリックでした。それも銀行員としてのプライドと出世のためでしたが、計画倒産されて、貸した金が回収できなくなった、上司の失敗の尻ぬぐいで、不本意な出向を命じられました。責任転嫁です。ついては、先立つものは金だと思い、家宝として受け継がれてきたブローチを売ることにしたんです。銀行に勤めていて、融資係などしていると、いかに金が大事なものであるかが身につまされます。中小企業のオーナーが貸金業者に追い回された挙げ句、首を吊ったり、飛び降り自殺したりするのは何でだと思いますか？　あれは銀行に融資を断られた末の悲劇です」

「大村さんはお金についてのプロなのですね。数多くあるネットでの宝石販売のサイトの中で、相田宝飾店を委託先にお選びいただいた理由は？」

わたしは訊いてみた。

「宝石のネット販売のことをいろいろ調べました。古いものは、たとえどんなに良いものでも、名だたるオークションハウスにコネがないと、二束三文に叩かれることがわかりました。古びているのが一目瞭然だと、引き取らない中古品業者もいるようです。わたしにその手のコネなどあろうはずもありません。代々、お宝だと言い伝えられてはきましたが、価値のあるものだと言える史料も家には残っていませんでした。それで、最も委託料が安く、良心的な商売だと思える店を探したんです。それがこちらでした」

「ありがとうございます」

わたしはお礼を言って頭を下げ、

――これだけお金にシビアな人を思いとどまらせるなんて、たいした御先祖様だわ――

興味が惹かれて、

「御先祖様のお声についてお聞かせいただければと――」

また訊いてしまった。

「メールにも書いた通り、あの品を形見に遺した曾祖父は海軍の軍人で、日露戦争で戦死しました」

日露戦争は当時のロシア帝国を相手に、一九〇四年に開戦し、一九〇五年に日本が勝利

した百年以上前の戦争である。

「その後、桐箱入りのまま、大蔵省（現・財務省）の役人だった祖父や父に、ひっそりと受け継がれてきました」

「ひっそりと？」

「書かれたものが一切なく、曾祖母《そうそぼ》や祖母が身に着けることもなかったそうです。亡くなった母が何年か前に、冗談半分に、〝あれはもしかして、ブローチに見せかけた、ニコライさんからの勲章かもしれない〟と言っていました。母はわたしと違って、多少は宝石に通じていたので、昔、西洋では男性もジュエリーを身に着けることがあったと知っていたんです」

「ニコライさんって？」

「ロマノフ王朝最後の皇帝ニコライ二世のことです。ニコライ二世は、一九一七年のロシア革命で退位を余儀なくされた上、家族と一緒に処刑されてしまいますが、一八九一年の皇太子時代には、日本を訪れて、大津事件に遭遇しています」

「大津事件――」

――中学の時の社会科の時間にちらっと聞いたことがあるような、ないような――

「日本とロシアの関係は、領地や漁業権をめぐって昔から微妙で、来日した皇太子は、大津町内を移動中、反ロシアの日本人に、頭を斬《き》りつけられるという事件が起きたんです。この事実が日露開戦の遠因になったとする見方もあります」

「だったら、日本人で軍人の大村さんの曾お祖父様《ひいじい》と懇意だったとは、とても思えないわ」

「ニコライ二世は、家族想いの穏和な心優しい性格で争い事が嫌いでした。大津の一件を許して、日本との戦争を、回避しようとしていたのではないかという説もあります。ロシア語が堪能《たんのう》な曾祖父が、ロシアの当時の首都ペテルブルグに駐在していたのは、日露戦争前夜で、当時は軍人が政治に関《かか》わることもあったようですし――」

「大村さんは曾お祖父様の任務は、戦争の回避だったと思っているんですね」

「日露戦争の勝利がラッキーだったとすると、日本側は必死で戦争を止めにかかりたかったはずです」

「それで皇帝にあのようなものを託されたと？」

「曾祖父は日記を欠かさない人でしたが、妻子を日本に残してロシアへ出向き、戦死するまでの間は何も書いていません。ただ一つ、形見を遺《のこ》しただけでした」

「その秘密がこれに？」

大村さんは頷き、わたしはじっとデマントイドのアンティークブローチを見つめた。

――そうだとすると、これはもの凄く大きな御先祖様の声だわ――

すると、大村さんは突然、目を真っ赤にして、

「さっき、あなたはわたしをお金のプロと言いましたが違います。銀行員という名の鬼ですよ。わたしは何人も自滅していったオーナーたちを見てきました。相手の立場に立てば

見殺しにされたのです。わたしは上司の尻ぬぐいで左遷されるのだとわかった時、これは今まで犯してきた罪が祟《たた》っての罰だと思いました。申し訳ない、申し訳ない、許してくれ、許してくれと詫び続ける夢を毎夜見ました。気がおかしくなりそうでした。このまま落ちこぼれては、エリートだった曾祖父や祖父、父に申しわけが立たないと思い詰めて、ほんの一瞬でしたが死ぬことも考えました」

苦しんだ事実を訴え、

「正直、心身ともにくたくたで、もう、二度と、このような罪を犯したくないとも思い、辞める決心をして、冬山で正月を過ごしているうちに、幼い頃の思い出や先祖たちのことが次々に思い出されました。起きているはずなのに、実は眠っていて、生きている頃は厳しかった父や祖父、写真でしか顔を知らない曾祖父まで、海軍服姿で夢に出てきて、にこにこと笑いかけてくれました。父など母と連れ立っていて、〝死ぬのは楽だが退屈だぞ。生きていれば面白いことだってある、生きろ、生きろ〟と陽気に叱ってくれ、母は〝しげちゃんには、あのニコライさんが残ってるじゃないの〟と励ましてくれました。目が醒《さ》めてみると、不思議と気持ちが安らぎ、生きていてよかったと感じました。生まれて初めて、こうして生きているのは先祖のおかげだと感謝しました。ニコライ二世と関《かか》わりがあるかもしれない、曾祖父の謎《なぞ》めいたロシアでの空白に思いが至ったのもその時でした。この謎を解く鍵《かぎ》は、これにしかないので、手元に置くことにしたのです。今のわたしには何より、その形見が大事です」

と続けた。

「わかりました」

わたしは形見のジュエリーが大村さんを救ったのだと思った。

「ただし、あと一日だけ、このジュエリーを預からせていただけませんか？」

「一日――」

大村さんは怪訝《けげん》な顔になった。

「歴史的にも、大切なものかもしれないということは、お話をお聞きしてよくわかっています。ですが、こちらがネットにアップすると、すぐに買いたいとおっしゃった先方にも、きっと、並々ならぬ思い入れがあるのではないかと思います。大村さんの事情をお話しして、お売りできないとはっきり申し上げる代わりに、是非、一目見せてさしあげたいのです」

「そうですね――」

大村さんはしばらく考えていて、

「わかりました。そちらにはお世話をおかけしてしまったことですし、あなたには友達にも話さない、みっともない愚痴を聞いてもらいました。明日の夕方、引き取りに出直します」

そう言うと、ゆっくりした足取りで帰って行った。

この経緯をお祖父ちゃんや小野瀬さん、新太に話すと、

「しかし、ニコライさんはどうだろう？」

興味津々で聞いていたお祖父ちゃんは首をかしげた。

「そうですね。ニコライ二世の父親はアレクサンドル三世。大柄で力強かったこの父親は、乗っていた列車が転覆した時、自分の肩で列車の屋根を支えて家族を守ったそうですが、小柄でぱっとしないニコライ二世は、父親にコンプレックスを抱きがちで、女性や子どもには優しかったものの、突然、怒り出す、神経質な一面があったようです。コンプレックスの強い人って、とかく怒りを溜《た》め込みがちでしょう？　大津事件を綺麗さっぱり忘れられたとは思えません」

小野瀬さんは歴史にも強かった。

「それとたしか、ニコライさんは日露戦争で日本に負けた直後、跡継ぎの皇太子の難病を治すと言い出した、いんちき祈禱師《きとうし》のラスプーチンと出遭い、いかさまにどっぷり嵌《はま》って、ロシア革命への道を加速させてしまった。負けるはずのない戦に負けたのが、よほどショックだったのさ。ニコライさんはロシアのバルチック艦隊が赤子の手を捻《ひね》るがごとく、絶対、日本海軍に勝てると信じ込んでいたのだから、戦争を回避しようなんてするかね？」

お祖父ちゃんは小野瀬さんに相づちを打った。

「ところで、そのデマ何とかってやつが、ニコライさんからの贈り物だったとしたら、マジですげえことになるんじゃね？　世界の、いや、まずはロシアの博物館が買いに来て、アメリカや中東あたりのコレクターと争奪戦になったりして――。想像もできない値がつくんだろうな。いったい幾らの値がつくんだろう――」

7

新太の関心は別にあった。

「それに何より、プラチナとダイヤで輪郭と結び目を作り、左右の羽の中を空けているこのリボンは、アンティークの女性ものに多いモチーフだ。皇帝が贈るにはふさわしくない」

「たしかにそうですね」

お祖父ちゃんと小野瀬さんも独自の考えを口にした。

——たしか、最後のロシア皇帝の息子って、出血すると血が止まらなくなる血友病って病気で、この病気は母系の遺伝なものだから、すごく気にして、いんちき祈禱師のラスプーチンにすがり、取り込まれちゃってたのは、お母さんの皇后の方じゃなかったっけ？

——

わたしはラスプーチンと皇后が怪しげな仲だったという話だけは、コミックで読んで知っていた。

「皇后アレクサンドラが皇帝に託して、大村さんの曾祖父さんに贈ったかもしれないじゃない。皇后も皇帝も、病弱な皇太子が心配で、戦争どころじゃなかったはずだから——」

わたしは新太とは別の思いで、少しだけ、デマントイドのアンティークブローチと皇帝一家に縁があってほしかった。

──ジュエリーが担う歴史って夢があっていいもの。五百万円も出して買い取ろうとした松枝永子さんも、きっと、そう思ってるんじゃないかな──

そしていよいよ、翌日、午後の三時を過ぎた頃に、

「松枝です」

かかってきた電話の声は知的だった。

「すみません。教授会が長引きそうなので、夕方になってしまいます。必ず、伺いますから」

──松枝さんって大学の先生だったんだわ──

思わず松枝さんの職業を察したわたしはみんなの前で、

「世界史の先生かしら？」

「美学芸術学とか、美大の工芸科の中には、アンティークジュエリーの専門科もありますよ」

小野瀬さんが博識を披露し、

「教授なんだったら、おばさんかおばあさんなんだろうな」

新太の言葉に、

「そうでもなきゃ、幾ら執着している品でも、ぽんと五百万円は払えんだろう」

珍しくお祖父ちゃんが現実的な発言をした。

これもまあ、アンティークと言えないこともない柱時計が、ぽんぽんと重たそうに午後

六時を告げた。

ブザーが鳴った。

「参りました」

先に大村さんの方が来てしまった。

「もうすぐ見えられると思います」

大村さんと向かい合ってソファーに座った。

「デマントイドって、昼間だけではなく、夜の光でも輝きは衰えないんですよ。何しろ、ダイヤモンドより輝きの強い宝石ですから」

わたしは、桐箱から出したアンティークブローチの中石を、シャンデリアの光の下に置いた。

束になっている虹色のホーステールが噴水のように溢れている。じっと見つめていると、石ではなく、高貴な光の束がダンスを踊っているようにさえ見えた。

「これがウラルで見つかって以来、ロシアの宮廷では、皇帝に続いて、貴族たちがこぞってジュエリーに仕立てたそうです。始終開かれていたパーティーでも、この宝石の輝きは際立っていたことでしょうね」

わたしがため息を洩らすと、

「その話は初めて聞きました」

へえと大村さんが相づちを打ったところで、ブザーが鳴り、玄関扉を開けると、

「すっかり遅れてしまって――」

松枝永子さんと思われる女性が立っていた。

ただし、おばさんでも、おばあさんでもない、三十半ばのきりっとした表情の女性である。ノーメイクで、口紅もつけていない。ごつい印象はないが、鼻が高く目鼻立ちがはっきりしていた。

――ちょっと日本人離れしてる感じ――

けれど背はそれほど高くなかった。とはいえ足は長く、濃紺のパンツスーツ姿が最高に似合っている。

――魅力的な女《ひと》。これでほんとうに教授なの？――

つい見惚《みと》れてしまっていると、

「松枝永子です」

松枝さんは名刺を差し出した。

「店長の相田青子です」

わたしもあわてて名刺入れを探して挨拶をした。

「あの、そちらの方は？」

松枝さんは大村さんの方を見た。

「大村繁樹と申します。今のところはこういう者で――」

大村さんの声はうわずり、わたしには出さなかった名刺を渡した。

「せっかく、お買い上げいただいたというのに、お詫びを申し上げなければならないのです。実はこちらの大村さんは——」

わたしは松枝さんに売買が不成立になった理由を話した。

——頭の切れそうなこの人なら、こちらの落ち度に対して、抗議してくるかもしれない——

わたしは覚悟していたが、

「そうでしょうね」

意外にも松枝さんは涙を浮かべて、

「大村さんとおっしゃいましたね。曾お祖父様のお名前は何とおっしゃいます？」

静かに訊いた。

「光太郎《こうたろう》、大村光太郎です」

「やはり間違いなかったのだわ」

松枝さんは涙をハンカチで拭《ふ》きながら、

「わたし、これを持参してきました」

バッグの中から、緑色の石のペンダントヘッドを取りだして見せてくれた。

「それ、もしかして——」

ペンダントヘッドのメレダイヤで取り囲まれた、オーバルカットの1カラット弱の中石からは、虹色の光が燦然《さんぜん》と溢れ出ている。

「ロシアのデマントイドですね」

「そうだと思います」

――それだけじゃないわ。取り巻いているメレダイヤのカットも、吊り下がっている双葉も、こちらの方が数が少ないだけで、見事な細工は大村さんが委託したものとそっくり――

わたしはもう一度桐箱を開けて、デマントイドのアンティークブローチを取り出した。

「同じ細工だわ」

松枝さんは頷き、

「驚いた」

大村さんは目を瞠って、

「いったいぜんたい、これはどういうことですか？」

首をかしげた。

――同じ職人さんがブローチとペンダントヘッドをペアで拵えたってことだと思うけど、念のため――

わたしはお祖父ちゃんを呼んで見てもらうことにした。

ルーペも使って念入りに見たお祖父ちゃんは、わたしにスケッチブックを持って来させて、

「このブローチは見たところ、リボンの結び目からまっすぐに吊り下げられている。だが、

よくよく見ると、リボンの二股に分かれている裾の両方に、プラチナとダイヤでできた茎とデマントイドの花を、逆さに吊るすための金具を付けられた痕がある。これは元は、こんな風なゴージャスなペンダントネックレスだったのではないかと思う」

さらさらとデザイン画を描いた。

リボンの両裾からデマントイドの花茎が二本、非対称に伸びていて、リボンの左右の空きから、花の台座や茎と同じ材質のゴールドの太目のチェーンが通されている。

「よかった、曾祖母、リューダの言い残していたことは本当だとわかって――」

松枝さんはまた涙を拭きながら、

「教養課程で古典を教えているわたしが、こんな若さで教授職にあるのは、学長の娘だからということもあります。父が学長を務める聖マリー学院は、何代も続く同族経営で、わたしはいずれ、脳梗塞《こうそく》で倒れた父の仕事を引き継がなければならないからです。わたしが大村光太郎さんが遺したブローチを探していた理由は――」

一枚の古い白黒写真を見せてくれた。

写っているのは、白いふわふわしたドレスを着て、造花がついた麦わら帽を被《かぶ》って佇《たたず》んでいる、妖精《ようせい》のように可憐で美しい西洋人の少女だった。

目の辺りの表情が曾孫《ひまご》の松枝さんに似ている。

「曾祖母の若い頃の写真で、夏の避暑地でのもののようです。この頃のロシアは帝政で、貴族の中でも身分の高かった曾祖母の家では、それはそれは、パーティー三昧《ざんまい》の夢のよう

な暮らしをしていたのではないかと思います。そんなパーティーで知り合ったのが、日本からの駐在員の男性でした。曾祖母は一目見て恋に落ち、相手も同じ気持ちなのだとわかったのだそうですが、相手は国に妻子がいることを伝えて、決して、曾祖母を受け容れようとはしませんでした。そんな誠実さに曾祖母はさらに惹かれて、自分たちの純愛の証《あかし》にと、裕福な父親から社交界デビューの祝いにと贈られた、ペンダントネックレスをこっそり、作り替えてもらって、帰国が決まった相手に渡したのだというのです。晩年の曾祖母はアルコール依存が悪化して、誰を見ても、〝コータロウ、コータロウ〟と呼びかけていたそうです。そのコータロウが大村光太郎さん、あなたの曾お祖父様だったのですね」

松枝さんは感無量だった。

「ロシア革命の後はさぞかし、ご苦労なさったろう――」

お祖父ちゃんの声が湿った。

「曾祖母の一家は国外へ出て、アメリカに亡命しました。世間を知らない曾祖母の両親は騙《だま》されることばかりで、持って出たお金はあっという間にむしり取られてしまい、両親兄弟姉妹は皆、お酒に溺《おぼ》れる日々となり、短い人生を閉じました。曾祖母だけが英語を完全にマスターし、ニューヨークで、開業している医学博士の秘書の仕事を得て、全うに生きることができたのです。曾祖父と知り合ったのはこの頃でした。曾祖父は留学先だったイギリスにはない、アメリカの自由な風が吹き渡る、新しい女子の学校を設立しようとしていたのです。この時、一目で恋に落ちたのは曾祖父の方で、曾祖母は押しの一手の曾祖父

に負けて、結婚を承諾し、日本の土を踏むことになったようですが、きっと、日本に行けば、コータロウに会えるという希望もあったに違いありません。同じ日本人の曾祖父にコータロウを見たのかも――」

「そして、あなたのお祖父様が生まれたのですから、この結婚は曾お祖母《ばあ》様にとっても、幸せだったのではありませんか？」

大村さんがためらいがちに口を挟んだ。

「わたしもそう思います。曾祖母は息子一人、娘二人の子宝に恵まれましたから。曾祖母の具合が悪くなったのは、曾祖父に先立たれてからですが、〝コータロウが死んでいた、死んでいた〟とも口走るようになりました。おそらく、頭脳明晰《めいせき》だった曾祖母はもっと前に、伝手《つて》を辿《たど》って調べ、あなたの曾お祖父様の戦死を知っていたのだと思います。それまでは、子育ての生き甲斐《がい》と、曾祖父の愛の支えがあったので、何とか、辛い気持ちを封じ込めることができていたのでしょう。それからの曾祖母は早くに死んでしまった家族同様、昼間から浴びるようにウオッカを飲んで、〝コータロウ、コータロウ〟を繰り返し、寿命を縮めました」

「分かれていた二つを一つにしたいのは、曾お祖母様への供養のためですね」

大村さんは念を押し、

「その通りです」

松枝さんは首を縦に振った。

「曾祖父はブローチについて何も語らずに逝きました。そのブローチにはなぜか、わたしの曾祖母や祖母、母までもに、身に着けることを躊躇《ためら》わせる何かがあったようです。お話を伺っていて、わたしも供養のお手伝いがしたくなりました。なぜなら、あなたの曾お祖母さんの供養は、わたしの曾祖父の供養にもつながるものだからです。わたしはもっと、あなたの曾お祖母さんの話をお聞きしたいです」

言い切った大村さんの上気した顔は晴れやかだった。

「あと二ヶ月ほど預かっておいてください」

わたしにそう言い残して、松枝さんと共に店を出て行った大村さんが、

「陽射しがすっかり春めいてきましたね」

再び訪れたのは桃の節句近くであった。

この時の大村さんは、銀行を辞めた象徴のように、肘当《ひじあ》てのついたチェック柄のブレザーと替えズボンという着こなしで、二つ、三つ、若返ったように見えた。

相田さんにも同席していてほしいということだったので、お祖父ちゃんも一緒に応対をした。

「あのブローチを元のようにペンダントにつなげたいのです。彼女にはもう言ってあるので、明日にでも、ペンダントヘッドの片割れを持ってくるはずです」

「どうやら、おめでたのようですね」

お祖父ちゃんに言い当てられて、

「ええ、実は――」

大村さんは真っ赤になった。

「わかりました。ご指定通りに元に戻させていただきます。これだけのものですから、何よりのプレゼントですよ」

お祖父ちゃんは目を細めた。

この後、大村さんは、わたしたちがまだ聞いていない、コータロウさんとリューダさんの話をしてくれた。

リューダさんが家族の中で、ただ一人、アメリカで破滅しなかったのは、コータロウさんの言葉に感銘を受けていたからだという。

「曾祖父は彼女に、〝どんな辛い逆境でも、崩れず、甘えず、全うに生きていくのが人というものだ〟と自分の信念を語っていたんだそうです」

また、アルコール依存症を悪化させた晩年のリューダさんについても、語り合ったという。

「夫の死とコータロウの死、加えて短かすぎた家族たちの死が、高齢の彼女にのしかかってきて、孤独と絶望の淵《ふち》に追いやったせいではないかと思うと、永子さんは言っていました。わたしたちも何だか身につまされて――。それで、どちらともなく、ずっと一緒にいたいと言いだし、頷き合いました。魂がすうっと抜け出して、寄り添い合うことってあるものなのですね」

「それはあんたたちの曾お祖父さんと、曾お祖母さんの引き合わせだよ。互いを想い、子孫を想う気持ちがジュエリー、とりわけ、石のデマントイドに籠もり続けてたんだ。そうに決まってる」

「かもしれません」

大村さんは頷いて帰って行った。

「お祖父ちゃん、さっき言ったこと、ほんとに信じてるの？」

わたしが訊くと、

「信じていないことをわしが言うと思うのか？」

珍しくお祖父ちゃんは声を荒らげた。

「だとしたら、ほら、あの村田由希子さんが着けてきてた、翡翠の髪留めや帯留めにも、お祖父ちゃんの想い、籠もってるってことよね」

「あれは頼まれ仕事で――」

お祖父ちゃんはわざとごほごほと咳をした。

「村田さんの口ぶりだと、船田けい子さん、けい子さんとお祖父ちゃん、親しかったみたいだけど」

「まあ、わしも若い頃は銀座に通ったこともある」

「いい感じになってたってことね」

「あの頃はもう、独り身だったから、後ろ指を差されることもなかったが――」

「相思相愛‼」

「それでも添えないこともあるのが男と女だ。けい子は食品会社を営む金持ちに、後妻にと見込まれて玉の輿《こし》に乗った。けい子には病気の母親の他に、養わなければならない弟や妹が四人もいた」

「悲しい理由なのね」

「世の中はとかくそんなもんだ」

「その人、今、幸せなのかな」

「スキルス性とかの胃癌で、若かったのに、年寄りの亭主よりも早く死んだ。風の便りに聞いたんで、葬式には行ったよ」

「そして、今、村田さんがけい子さんの形見を着けて訪ねてきた。これ、何か因縁がありそうじゃない？」

「かもな。琅玕のとろりとした、青みがかった緑の彩と輝きの中に、温かい陽射しと青い空、いっせいに木々が芽吹く時期が大好きだった、けい子の魂を見たような気がしたよ」

お祖父ちゃんはしみじみと呟いた。

わたしは後で小野瀬さんが撮った、アンティークジュエリーの写真をながめた。

虹色のホーステールが煌めいている。

――奇跡の虹色、奇跡のガーネット――

デマントイドに限らず、宝石は人に奇跡をもたらすような気がする。

第3話　癒しの赤い海へおいでになりませんか？

1

　この日、わたしはお祖父《じい》ちゃんのためにいちごパフェを作ることにした。

　お祖父ちゃんは近頃、仕事場に籠《こ》もりきりである。

　ジュエリーマンバラと交わした、借金の返済期限の延長は半年だったが、利幅の薄い委託販売ではその半年でも完済はむずかしかった。

　返済期限をさらに延長して貰《もら》えたのは、お祖父ちゃんが無料で、マンバラが指定してくるオーダーメイドを月に一点、二点仕上げているからなのである。

　ネットショップで売るリーズナブルな新作も、小野瀬さんと相談して作るので、お祖父ちゃんは大忙しだった。

「ま、好きな道だからな」

　とは言ってはいるものの、

「夜は目がかすんでいかん、さっぱりだ」

とも言っている。

「マッサージしてあげる」

触ったお祖父ちゃんの肩と背中は、鉄板のように凝り固まっていて、

「そんなもんでは効かん。拳《こぶし》を固めてごんごん、がんがん叩《たた》いてくれ」

「俺、代わるよ」

手が痛くなったわたしを見かねた新太が交替してくれたこともあった。

だから、いちごパフェは食べる肩叩きのようなものだった。

わたしは、いちごパフェには自信がある。

これにはお祖父ちゃんも一役かっている。わたしは小さい頃から、江戸時代から続く老舗のフルーツ専門店に、お祖父ちゃんに連れられて行ったものだった。

「ルビーが宝石の女王なら、ルビー色のいちごはフルーツの女王の美味《うま》さがある」

お祖父ちゃんとわたしは共にいちごが大好きなのだ。

「いちごは女王らしくパフェで食べるに限る」

ただし、そのフルーツ専門店のいちごパフェは、去年は一人前三千円近かった。最高品質のあまおうと生クリーム、アイスクリームが使われているのだという。

去年はすでに借金でがんじがらめだというのに、お祖父ちゃんは迷わず、これを注文して二人分の六千円を払った。

「このぐらいは贅沢《ぜいたく》をせんとな」

そんなお祖父ちゃんが、今年に限って、いちごの時期が来たというのに、食べに行こうとわたしを誘って来ないのだ。

――お祖父ちゃんのこんな節約、借金の重みを感じてるからなんだ――

委託品は薄利だが売れれば多少の利益が出る。だが、お祖父ちゃんのマンバラからの頼まれ仕事は、借金返済の延長のためでしかない。

――その上、指定されたデザイン通りに作るだけなんだもの、お祖父ちゃんにはきついだろうな――

そこでわたしは、お祖父ちゃんにお疲れ様を言う代わりに、限りなく、あの専門店に近い、ゴージャスないちごパフェを手作りすることにした。

まず、買ったのはスーパーで安売りしていた、大きめのシャンパングラスと柄の長いスプーン。実はパフェの極意は器とグッズにあるのだ。

次によく熟したバナナを、スピードカッターで潰《つぶ》してピューレ状にする。ローカロリーのバニラアイスを半分量に分けて、一方にこれを混ぜてバナナアイスを作り、冷凍しておく。ローカロリーなアイスクリームを使うのはお祖父ちゃんの健康のためである。

その後は、不揃《ふぞろ》いなあまおうを一箱、セール価格でゲットし、三分の一ほどは、スプーンで丁寧に潰して粗いピューレ状にすると、極上のいちごピューレができ上がる。バナナと違って水分の多いいちごは、ジュース状になってしまうので、スピードカッターは使わない。

わたしはこのピューレに、砂糖もレモン汁も加えない。これはお祖父ちゃんの健康とは無関係である。

パフェの底のピューレは店によっては、いちごジャムで代用されているが、お祖父ちゃんに言わせれば〝これはいちごパフェではなく、ジャムのごった盛り――〟とのことなので――。

あまおうピューレをシャンパングラスの三分の一ぐらいまで注ぎ、この上に、取り分けておいたバニラアイス、スライスしたいちご、バナナアイスと重ねて詰めていき、最後に残しておいた、形のいいいちごを、惜しみなく飾る。

生クリームだけはライトなものではなく、乳脂肪たっぷりの生乳仕立てを、少量、絞り出して、飾ったいちごを白雪姫のように見せる。

仕上がったパフェをトレーにのせて、

「お祖父ちゃん」

ドアを叩いたのだが返事がない。

――もしや――

ドアを開けて飛び込むと、お祖父ちゃんが仕事机の前で、こくりこくりと、気持ちよさそうに舟を漕《こ》いでいた。

「お祖父ちゃん」

呼ぶと、

「いかん、いかん、眠ってしまった。とかく春は眠くなるものだな」

お祖父ちゃんは何度も目をこすって、

「これは、夢か、幻か」

トレーの上のいちごパフェに大感激してくれた。

「作ってみたの、今年はまだ、いちごパフェ、食べてないから」

「そうだったな。そいつを食べれば、美味すぎて、眠気も吹き飛ぶだろう」

お祖父ちゃんは早速、長い柄のスプーンを手にした。

――やっぱり、お祖父ちゃん、オーバーワークなんだ――

店舗に下りて行くと、

「お呼びしようかと思っていたところでした」

午前中に届く宅配便の委託品を、わたしと仕分けし終わった後、パソコンに向かっていた小野瀬さんが声を掛けてきた。

――そういえば新太、いなかったな――

病気とは思えない。

――黙って休むのはよくない。新太に注意しなきゃ――

「こんなチラシが入ってきました」

わたしは小野瀬さんから差し出されたチラシを見た。

近江屋六本木店、ついに開店‼　開店セール実施中。ブランド、貴金属品さらに充実。どこよりも高値で引き取らせていただきます。目玉はダイヤと五月の誕生石のエメラルド、買入高さらに倍額!!!　お気軽にお立ち寄りください。

「このあたりの大手中古品チェーン店は、お宝山《たからやま》があるのに――」

近江屋もお宝山と同じで、元は質屋さん。大手中古品店で全国に店を構えている。

「それでもまだ、このエリアにビジネスチャンスがあるということです」

「うちはネットショップだから――」

「でも、高価な委託品だと、売るのも買うのも、よほど遠くにお住まいでない限り、こっちへ行かれるお客様もいらっしゃるにちがいありません」

「ライバルが増えたということね」

「天下の近江屋ですから強敵です」

近江屋の店舗数はお宝山の二倍近い。

――何だか、いらいらしてきた――

疲れている様子のお祖父ちゃんのことも気にかかっていて、

――何でもいい。委託品の仕分けやお客様の応対のほかに、わたしにできること、役に立つことはない？　そうだ‼　敵情視察ぐらいならできる――

六本木にできたという、近江屋の新しい店舗へと行ってみることにした。

「お出かけですか？」

「ちょっとね。すぐ戻ります」

わたしはジーンズとTシャツの上に、春色のパステルグリーンのジャケットを羽織って家を出た。

青山骨董通りから六本木駅までは、歩いても二十分ほどの距離である。

――へえ、近江屋とお宝山、こんなに近いんだ――

驚いたことにライバル同士は数百メートルと離れていなかった。

――せっかくだから、お宝山の方も見てみよう――

間口が狭いビルの二階から五階までが、お宝山の店舗であった。

――ジュエリーは五階だけなのね――

五階でエレベーターを降りると、窓際に仕切りのあるブースが並んでいるほかは、ショーケースは見当たらず、暗くがらんとしている。

――ここはきっと、買入専門の査定場所なんだ。けど、査定を待ってる人、一人もいないわ――

わたしはあわてて、階段で四階に下りた。

四階から二階まで、ショーケースの中を見て廻《まわ》ったが、ジュエリーの類《たぐい》はブランド品のダイヤリングやネックレス、時計がそこそこあるぐらいである。ブランドもののバッグや

服飾品等に圧倒されていた。

――お宝山の主戦力は、何が何でもブランド品。となると、カラーストーンを含むジュエリーを得意とする近江屋とは、棲《す》み分けられる。お宝山に立ち寄るお客様の中に、ジュエリー好きがいることを期待して、近江屋は近くに開店したのだわ――

わたしの頭の中に、使ったことのない言葉が浮かんだ。

――これぞ商魂、凄《すご》い‼――

２

お宝山を出て、近江屋の前まできたところで、

「あれ、青子じゃね？」

新太の声がした。

振り返ると、新太はネクタイこそしていないが、折り目のあるズボンにジャケットという、見たことのない姿で立っている。

「新太こそ、何よ、そんな格好しちゃって」

「これはな――」

新太はポケットの中からリングケースを取り出して、

「ちょっとしたミッションなんだ」

「何のミッションなの？」

「青子はどうしてここに?」

「通りかかっただけよ」

――まずは新太のお手並み拝見――

「じゃ、まあ、俺のミッションにつきあえよ」

新太はわたしの肩を押して、近江屋へと入った。

一棟ごとビルを買い取って改装した近江屋の玄関は、壁のプレートが真新しかった。

――やっぱり。ブランドバッグなんかは、一階だけで、二階から五階までジュエリーだわ――

エレベーターに乗り込んだわたしが、2と書かれたボタンに手を伸ばそうとすると、

「五階からね」

新太が五階のボタンを押した。

案内板に、五階はジュエリー専門買い取りと書かれている。

エレベーターのドアが開いたとたん、下へ降りようと待っていたお客さんと出くわした。

三十代のお洒落《しゃれ》な女性たち三人連れである。

「すごく得した気分、最高」

「でしょう?」

「満足、超満足」

三人の顔は興奮でやや赤い。

「下、見ていかない？　飽きたダイヤのリング売ったら、急に新しいのが欲しくなっちゃった」

一番若そうに見える一人が呟《つぶや》くと、

「駄目駄目、せっかくいい値で売れたんだから、インターナショナル・ブルーホテル東京のランチバイキングは許すとしても、残りは貯金。ここで買ったらこの店の思う壺《つぼ》よ」

ミニスカートの若作りだが、目尻に皺《しわ》の目立つもう一人が諭し、

「さすが、ジュエリー売却のプロは言うことが違うわね」

残りの一人が目を細めた。

ちなみにインターナショナル・ブルーホテル東京はわたしの以前の職場で、日々、庭まで開放して行われる、メインダイニングルームでのリッチなランチバイキングは、意外なリーズナブルさで受けている。

三人を乗せてエレベーターが閉まった。

「もしかして、新太のミッションって――」

わたしは膨らんでいる新太のポケットを見た。

「決まってるじゃん」

受付を済ませて整理番号を貰った新太は、合成レザーのゆったりしたソファーに座った。

「あと五人待つのか。開店早々、流行ってるな、ここ」

フロアーには男女のトイレの他《ほか》に、授乳室も作られていて、見渡すと、ベビーカーを押

してきた金髪のヤンママの姿もあった。

残りの四人は中年女性が三人に、くるんと丸く大きな目をした、スキンヘッドの男性が一人。同じように丸い目でも、新太にはない目力がある。

――額に皺もあるし、きっと、わたしたちより年上よね――

女性たちは置かれているファッション雑誌を開いて時間を潰しているのだが、スキンヘッドさんは男性向きの月刊誌や新聞にも手を伸ばしていない。

両腕を組んで、張り替えられたばかりの幾何学模様の壁のクロスを見つめていた。その目には絶望と紙一重の険があった。

「三角一つ、四角一つ、丸一つ――」

ぶつぶつと呟いている。

額に汗も滲《にじ》んでいる。

――着てる背広がだぶだぶで、まるで身体《からだ》に合ってないし、ちょっと変な人――

そう思いかけて、

――駄目、駄目。見た目で人を判断するのは――

自分で自分を戒めた。

三人の女性たちが終わり、次の整理番号が案内板に表示され、スキンヘッドさんが立ち上がった。

立ち上がるとスキンヘッドさんは思いのほか小柄だった。

ズボンの裾《すそ》がフロアの絨毯《じゅうたん》にまで垂れている。スキンヘッドさんはあわてて、屈《かが》み、両裾を折り返した。両袖はすでに、まくり上げられている。

——やっぱり、不審だわ——

スキンヘッドさんの姿が査定の部屋へと消えた。

ここはお宝山と違って、査定はブースではなく、個室で行われているようである。

——ブースじゃ、隣りの声が丸聞こえだもの、個室に限るわ——

それから五分と経《た》っていなかった。

不審なスキンヘッドさんが入って行った部屋から、

「な、何をなさるんです。や、止めてください、お、お願いです」

査定をしていた店員と思われる男性の悲鳴が聞こえた。

「大変‼」

わたしが立ち上がって、その個室へと走ると、

「こういうところには、警報とかあるはずだろ。すぐに、警備員が駆け付けてくるかもしんないけど——」

新太も続いた。

扉を開ける。

二十七、八歳の男性査定員が、スキンヘッドさんに壁に押しつけられている。

机の上には警報代わりのブザーがあるにはあったが、押す隙《すき》を与えずに、机を乗り越え

て襲いかかったのだろう。

「話を聞け、聞けねえんなら、それでもいいが――」

スキンヘッドさんの両手が、草食系の査定員の細い首にかかりかけた。背広には不似合いな物騒な様子である。

「止めて」

咄嗟《とっさ》に、わたしはスキンヘッドさんの右腕を摑《つか》んで捩《ね》じ上げた。

昔取った杵柄《きねづか》、柔道初段のわたしの技は衰えていない！

「痛てててっ」

相手が逃れようとして壁から離れる。

ブザーを押そうとした査定員に、

「待って」

わたしの目は机の上に載っているリングに吸い寄せられた。

――鮮烈な血の色のルビーやシャープな輝きのレッドスピネルと違って、なんって、優しく穏やかな温かい赤なんだろう。まるで、果てしなく続いている、癒《いや》しの赤い海のようだわ。これは間違いなく――

「こんなに大きなレッドエメラルド、見たことない」

思わず、口走ると、

「あんた、わかるのか？」

スキンヘッドさんの言葉に、

「これを売りに来たの？」

「そうさ。滅多にねえ、高値の石のはずだ。なのにこいつが、こんなもんには値は付けられねえ、脇のダイヤと地金だけなら、五万円で引き取ってやるなんて抜かしやがるもんだから、わかる奴を出して、話をさせろと言ったんだよ。そうしたら、ここのしきりは全部自分がやってて、そんなことはできねえと言うもんだから、舐《な》めた真似《まね》すんなと文句を言っただけのことさ」

「き、脅迫です」

査定員の目はブザーに注がれたままでいる。

「たしかにこれはレッドエメラルドです。10カラットオーバーだと思います。脇石もグレードの高いプリンセスカットです」

わたしの方はスクエア（四角い）カットのレッドエメラルドから目を離せずにいた。

——ここまで、大きく、透明感も色味もいい、照りのあるレッドエメラルドをこの目で見ているなんて——

感激の余り、思わずため息が出そうになった。

「ところであなた、ご職業は？」

どことなく、小野瀬さんに似た物腰の査定員は胡散《うさん》臭そうにわたしを見た。

わたしは、スキンヘッドさんの腕を放した。

「こういう者です」

わたしは名刺を渡した。

「当店が高額保証で買い取りを進めておりますのは、ダイヤと緑のエメラルドでございまして――」

査定員は名刺に目を落としながら、ふんと鼻を鳴らした。

「でも、これはレッドエメラルドの絶品です」

「そうおっしゃられても、エメラルドは緑の石と決まっていて、レッドエメラルドなどというものの存在をわたしは知りません」

査定員は言い切った。

――存在を知らないなんて、それでも、ジュエリーの査定員なの？――

わたしは頭に来たが、

――でも、今ここで、わたしには屈折率で宝石を特定できる力があるなんて、言ったところで信じてはもらえない――

「あんたに手を出したのは悪かったよ。この通り謝る。だから、何とか、いい値で、買い取ってくれよ。頼むよ」

それまで、右腕をなでさすっていたスキンヘッドさんが、査定員に向かっていきなり土下座した。

「そ、そんなことをされても困ります。ええっと、お名前は野口渉《のぐちわたる》様でございましたね。

うちでは野口様の御期待に添うことはできません。どうぞ、お引き取りください。野口渉様、野口渉様、お願いでございます」

査定員は、スキンヘッドさん、つまり野口さんが書いた申し込み用紙に目を落としながら泣くような声を出した。

「どうしても駄目なんだな」

野口さんも湿った声で念を押し、

「はい。すみません」

「そうか、わかった」

立ち上がって、机の上のレッドエメラルドリングを古びたケースに納め、部屋を後にした。

フロアーに出たところで、

「どっか、こいつをとびっきりの値で買ってくれる店を知らないかい？」

野口さんは後ろにいるわたしたちを振り返った。

3

「これほどのものなら――」

反射的に応《こた》えかけると、新太がわたしのジャケットの袖を強く引っ張った。

新太の目は、

──止めとけ。どう見ても、怪しいだろ？　このおっさん──

と語っていたが、時すでに遅く、

「あんた、いい店、知ってんだな」

野口さんの目が輝いた。

「こっちは、光りもんについちゃ、ど素人でさ、相談に乗ってくれると有り難てえ」

「わたしはこういう者です」

わたしが名刺を差し出そうとすると、

──それだけは止めとけ──

またしても、新太にジャケットの袖を引っ張られたが、

──こんな素晴らしい宝石を前に見て見ぬふりはできない──

名刺は野口さんの手に納まった。

「相田宝飾店、相田青子、青子？　青ってえのは競走馬によくある名だよな」

「あおこと書いておうこと読みます。九月生まれなので誕生石のサファイアにちなんだ名前です」

「誕生石？　そういや、そんなもんもあるんだって聞いたっけ。深いね、この世界は──」

野口さんはため息も深かった。

「できれば、そのレッドエメラルドを相田宝《う》飾《ち》店に委託していただければと思っておりま

す」

「委託って何だよ？」

「それは――」

わたしが説明しようとすると、

「ちょいと待っててくれ。あ、これ、落とすといけねえから、そこの兄ちゃん、預かっといてくれ」

野口さんはリングの入ったケースを新太に渡して、そそくさと男子用トイレへと向かった。

「あいつの指、見たろ？　左の小指短かった。やくざだよ、やくざ。掛かり合いになったら大変だ。今のうちに逃げよう」

新太の顔が青い。

「でも、それ、預かってるレッドエメラルドのリング、どうするの？」

「持ってくと泥棒か？」

「そうよ」

「じゃあ、ここへ置いてけばいい」

「わたしが名刺を渡してることを忘れないで」

「押しかけてくるな」

「逃げない方がいいと思う」

「万事休すって、こういうのを言うんだろうな」

「そうかもしれない」

こうして、わたしたちは野口さんを青山骨董通りへと案内した。

「何だか、急に腹が空《す》いてきた」

相田宝飾店まで来て、野口さんは、ちらちらと隣りのカフェＫＯＧＡを見た。

「うちの両親がやってる店なんですけど、サンドイッチぐらいならおふくろ、すぐ作れると思います。あ、うちのハーブチキンサンドは美味しいですよ。おやじのコーヒーも自慢で――」

新太は震える声で敬語を使っている。

「いいね」

カフェの方へと歩き始めた野口さんに、

「野口さんがお食事をなさっている間に、祖父にこのレッドエメラルドリング、見せてもいいですか？　祖父はきっと大感激すると思います」

わたしは頼んだ。

「いいよ、好きにしてくれ」

こうして、わたしはトッピンのレッドエメラルドが使われているリングを、お祖父ちゃんと小野瀬さんに見せた。

「こんな凄い代物があるとは驚きだ」

お祖父ちゃんは目を瞠《みは》り、

「こんなに大きいレッドエメラルドが日本にあったのですね。よくぞ、ここまでのものが」

小野瀬さんはため息をついて、

「０・３カラットまでのものは見たことがあります。正直、小さすぎて、他の赤い石と区別がつきませんでした。この10カラットオーバーは、エメラルドらしいスクエアカットということもあって、何とも、とろみのあるいい照りです。まさにレッドエメラルドここにありですね」

魅入られたかのように見つめ続け、

「それにしても、すぐに見分けられたのは、青子さん、さすがですね」

珍しくわたしを褒めた。

「これほどの大きさですもの――」

わたしは照れ臭くなって、小野瀬さんがアップしたばかりのエメラルドジュエリーの画面を見た。

「エメラルドに赤い色があるってこと、知ってる人は少ないでしょうね」

緑一色のエメラルドのリングやペンダントに見入る。

「エメラルドが、アクアマリンやモルガナイト等と同族だということを、知っている人も少ないはずです」

稀少《きしょう》な緑のエメラルドは、海の青さのアクアマリンや優しいピンクのモルガナイト、イエローベリルとも呼ばれるヘリオドール等と、鉱物的には同族と分類されている。レッドベリルはエメラルドにも増して稀少価値があるので、レッドエメラルドと称されている。

「だけど、淡い色味のアクアマリンやモルガナイト、ヘリオドールと、濃密な色合いの緑やこの赤のエメラルドとでは、テイストが違いすぎる。とても、身内同士だとは思えない」

わたしが常々、思っていたことを口に出すと、

「エメラルドとほかのベリル族とは見つかる鉱床が違うんだよ。エメラルドの鉱床には、鮮やかな色を生むクロムが入っていて、決して大きな結晶にならない。結晶を幾らでも大きく育たせる鉄を多く含む、アクアマリンやモルガナイト、ヘリオドールよりも、エメラルドが格段に高価なのはそのせいだ」

説明してくれたお祖父ちゃんは、

「それより、わしはさっき小野瀬君が言った、よくぞ、ここまでのものが、この日本にあったという言葉に感極まった」

目を潤ませた。

――お祖父ちゃん、レッドエメラルドに何か、思い入れがあるみたい――

「エメラルドはコロンビアの鉱山が有名だが、このレッドに限っては、唯一、アメリカで

しか採れなかった。今から五十年以上前に、アメリカのユタ州で、五人の家族が小松製作所の採掘器械を使って掘り当てたものだ。その後、採掘権がカナダに売られたが、量は出ても低品質のものばかりで、商売にならず、十五年前にこの鉱山は閉山した。これほど上質で大粒のものは、小松の器械で掘っていた初期のものに違いない。これほど大きくはなかったが、仲間と一緒に買い付けて、上質な初期のものを扱ったこともある。そう思うと、こうして、今ここで見ることができて、何とも、感無量だよ」

——日本と関《かか》わりがあったということなのね——

「あいつはどうしているだろうな——」

さらにお祖父ちゃんはぽつりと呟いた。

——あいつって？——

「一緒にレッドエメラルドを買い付けたお仲間のことですね」

小野瀬さんはわかっていた。

「園部《そのべ》和男《かずお》。息子ほどの年齢だった。御徒町《おかちまち》で宝石屋を始めて、あれよあれよという間に、支店を増やして、〝追いつけ、追い越せ、ジュエリーマンバラ〟というのが口癖だったが、バブルに煽《あお》られて無理をしすぎた——」

「一時、この業界の彗星《すいせい》ともてはやされた、園部和男さんの店は、もうありません」

小野瀬さんは目を落とした。

「園部について、何か、知っていることでもあるのか？」

「借金で首が廻らなくなった園部さんが、二十年前、突然、失踪《しっそう》してしまったのは御存じのはずです」

小野瀬さんの言葉にお祖父ちゃんは無言で頷いた。

「相田さんが、残された家族のために借金を一部、肩代わりなさったので、御家族は貸金業者に追われる日々から解放され、奥さんは静岡の実家近くにある、ジュエリーマンバラの支店で働いて、娘さんを育ててきました。ジュエリーマンバラへの口利きをなさったのも相田さんでしょう？」

「園部はわしと違って、買い付けに大きなヤマが張れる男だった。パライバでも、カラーダイヤでも、トッピン中のトッピンを狙《ねら》って、ジュエリーマンバラの万原真二郎と最後まで闘った。たいていは競り負けるが、時に勝つこともあった。このレッドエメラルドの時は、天下の万原真二郎を相手に一歩も退《ひ》かず、とうとう勝負に勝ったと自慢げに話していた」

——この石は、園部さんの勝利の証でもあったのね——

お祖父ちゃんは先を続けた。

「これだけだと、園部は単なる、ヤマっ気の強い見栄っぱりということになる。だが、やつには、わしにも万原にもない、人として敬うべき美点があった。あいつは自分より強い奴には噛《か》み付くが、弱い者たちには常に優しかった。優しすぎるくらいだったんだ。事業に行き詰まったのは、ジュエリーマンバラに張り合っての大風呂敷が祟《たた》ってのことだろう

が、寄ってくる羊の皮を被《かぶ》った、ケチな狼たちに、巧みに手痛く騙されたことも禍《わざわい》していたはずだ」

——園部和男さんがトッピンのレッドエメラルドを手に入れていたとしたら——

「お祖父ちゃん、園部さんは失踪した時、勝利の証のレッドエメラルドを持ち出してたのかな？」

「残っていた品にレッドエメは見当たらなかった」

「だとしたら、このレッドエメラルドリング、もしかして、園部さんと関わりがあるんじゃない？」

「考えられる」

お祖父ちゃんは大きく、うんと頷き、

——だとしたら、隣りでハーブチキンサンドを食べてる、ジュエリーの知識ゼロの野口さんが、これを持ってて、売ろうとしているっていうことは——

わたしが不安でならなくなった時、

「邪魔するよぉ」

玄関から野口さんの大声が響き渡った。

4

——新太の言ってた通り、野口さんって——、園部さんはもう五十は過ぎているだろう

わたしの頭の中に、中年の男性を突き飛ばして、レッドエメラルドリングを奪い、にたにたと笑う野口さんの顔が浮かんだ。

わたしが内心、びくついていると、後ろに子分のように控えていた新太が、

「どうぞ、こちらへ」

野口さんをお祖父ちゃんと引き合わせた。

小野瀬さんは目礼しただけでパソコンに向かい続けている。

「いやはや、目にするだけでも、宝石屋冥利《みょうり》に尽きるとはこのことです」

まずは、お祖父ちゃんはレッドエメラルドリングを褒め讃《たた》えて、

「うちの委託販売について説明してさしあげなさい」

わたしに振ってきた。

「うちの委託販売システムは――」

説明が終わると、

「ってことは、すぐにこれにはなんねえってことだよな」

野口さんは親指と人差し指で円を作って見せて、

「要るんだよな、俺は金がすぐに――」

貧乏ゆすりをした。

「物によっては、タイミングもありますが、すぐに買い手のつく場合もあります」

し――

わたしは何としても、この絶品を請け合いたかった。

——この人に持たせておいたら、どんな持ち主に渡るかわからない。赤いガラスぐらいに思われて、ダイヤだけ、取り出されて捨てられでもしたら、もう、これは、日本と言わず世界レベルの損失だわ——

「即金でなきゃ、お断りだ。ほかをあたるよ」

野口さんはテーブルの上のレッドエメラルドリングに伸ばしかけた。

一瞬、何が起きたのか、わたしはわからなかった。

あっと新太が叫んだ。目にも止まらぬ速さでお祖父ちゃんが、ぴしゃりとその手を叩いて阻止したのである。

「これは渡せん」

毅然《きぜん》とお祖父ちゃんは言い放って、野口さんを睨み付けた。

「お、俺のもんだぜ」

「わかっている」

「渡してくれなきゃ、泥棒だぜ」

「それも承知だ」

「警察に突き出してやる」

「できるものならやってみろ」

お祖父ちゃんの眉《まゆ》が思いきり吊《つ》り上がった。

「そ、それは――」

野口さんが急にたじろぐと、

「レッドエメの出所を正直に話してくれるのなら、返す」

お祖父ちゃんはじっと野口さんの目を覗《のぞ》き込むように見た。

「で、出所と言っても――」

野口さんはしどろもどろで目を伏せた。

「これだけのものが、宝石にはずぶの素人らしい、あなたの持ち物であるわけがない。わたしにはこのレッドエメの持ち主に心当たりがある。音信不通になっている旧《ふる》い友人が買い付けたものだった」

「あんた、園部のおっさんの知り合いだったのか？」

思わず口走った野口さんに、

「園部和男を知っているんだね」

お祖父ちゃんの目が輝いた。

「知ってたには知ってたけど――」

野口さんは小声でうつむいた。

――知ってるとは言わず、知ってたということはもしや、この人はお祖父ちゃんの仲間の園部さんを――

わたしはどきどきしてきたが、

「どういう縁で知り合いになったのですか？」

まずは答えやすい訊き方をしてみた。

「去年の夏、大雨が降って、多摩川が溢れたことがあったろ。そん時に河川敷にあった小屋が流されて、中にいたホームレスたちも一緒に持ってかれそうになった。そん時、目の前で溺《おぼ》れかけてた奴を一人助けたんだ。そいつが園部のおっさんだった。それが縁で俺は園部のおっさんと親しくなったんだ」

「いい話だが、よりによって、そんな時に河川敷の様子を見に行くなんて、あまりいい趣味じゃないな」

お祖父ちゃんは鋭く突っ込んだ。

「俺もホームレスだったから。今もそうだけど――」

野口さんは顔を上げなかった。

――それで身体に合わない背広を――

「どうして、ホームレスになったんだ？」

お祖父ちゃんは淡々とした口調で訊いた。

「これのせいで――」

野口さんは人差し指を曲げて見せて、

「子どもの頃から手先が器用で、だけど、これが生まれつきこんな風で――」

少し短い左手の小指をまじまじと見つめた。

「虐《いじ》められたんだな」

新太がぽつりと呟いた。

すると、我慢の限界だった野口さんは、ううっと泣き声を洩らし、だぶだぶのズボンの上にぽたぽたと大粒の涙を落とした。

「誰も責めたりしないから、その話、してみないか？」

新太が促す。

ううっ、うううっと何度か続けた後、

「小学校の頃から学校は嫌いだった。中学で俺を認めてくれる友達ができた。うれしかったよ。けど、そいつが付き合っている高校生には、危ない連中がいて、気がついた時には、手先が器用なのを見込まれて、泥棒の手伝いをさせられていた。俺、鍵《かぎ》だけはどんなもんでも、簡単に針金一本で開けられちまうもんだから——。天才鍵師だなんて言われていい気になってて、どうってことのないサラリーマンのおやじと、馬鹿みたいに、俺のことを猫可愛《かわい》がりする、おふくろがいる家には寄りつかなくなった。高校もすぐに辞めた」

「天才鍵師がどうしてホームレスになったのです？」

小野瀬さんが初めて口を挟んだ。

「それは、まだちょっと」

わたしは非難の目を小野瀬さんに向けた。

——そんなにずばりと訊かなくても、きっと、本人は、一番言いたくないことなんだろ

うし——

「警察に捕まったからだよ」

野口さんは想像通りの答えをした。

「未成年だったけど、鍵が開けられなきゃ、金も品物も盗まれなかっただろうってことで、中等少年院送致になった。少年院を出て、保護司の先生の口利きで、工場に勤めてはみたんだけど、何かね——、世間の目は冷たいってことが身に染みた。誰も声を掛けてくれず、友達ができないんだ。その目に出合うのが辛くて辛くて、ある朝、寮を出た足が工場に向かなくなっていた」

「少年院にはどれくらいいたのかね？」

お祖父ちゃんが訊くと、

「去年の春まで……十九歳から一年半」

野口さんはぽつんと答えた。

——とてもそうは見えないけど、それじゃ、少年院を出て一年なら、まだ二十一歳くらいじゃない？　わたしや新太より年下だったなんて。これじゃ、野口さんじゃない、野口君だわ——

わたしは唖然《あぜん》とした。

「どうして、また、同じ間違いをしたのだ？」

お祖父ちゃんは厳しい目を野口君に向けた。

「盗むつもりはなかった。本当だ。溺れそうになったのを助けてやったおっさんは、俺に感謝感激で、〝もしものことがあったら、これを頼む、これだけは――〟って、そのレッドエメラルドとかのリングを見せてくれた。〝おまえはエメラルドだって知らねえだろうが、いいか、赤エメのこいつは並のエメじゃねえ。女に例えればどっかの国の女王様だ。ハンパな価値じゃねえんだからな〟って。それを言いながら、酒の入った時なんかにも、繰り返し見せてくれるんで、俺はやっとこ、レッドエメラルドなんていう、聞いたこともない石の名前を覚えたんだよ。こいつを見てる時のおっさんときたら、馬鹿みたいに機嫌がよかった。〝生涯、唯一の俺の勲章だぞー〟なんて叫んだりしてた。それほど大事なものだったから、夏なのに、ポケットが大きい地厚のジャケットを着てた。肌身離さぬ？ってやつだよ。おっさんは酒も強かったけど、勝負事が好きで、ホームレスの仲間うちじゃ、猪鹿蝶《いのしかちょう》の和男さんで通ってた。特に好きだったのは花札だったから――」

野口君は園部さんをなつかしむように表情を和らげた。

「園部和男がどういう死に方をしたのか、聞かせてほしい」

お祖父ちゃんは訴える口調になった。

「お、俺がこいつ欲しさに殺《や》ったと思ってるんだったら――」

「そんなことは思っていない」

お祖父ちゃんは言い切った。

「死んだのは、一ヶ月位前俺とサシでやってた花札の最中だった。おっさんは猪《いのしし》の札を手

にしたまま、動かなくなっちまったんだ。仲間に報《しら》せて、医者を呼ぶ前に、ポケットのものをいただいた。悪いことをしたとは思っていない。だって、おっさんは俺に、もしものことがあったら、頼むって、言ってたんだから――」

「医者の診断は、病死で間違いなかったのですね」

小野瀬さんが念を押すと、野口君は大きく頷いた。

「ところで、あなたの御両親は今、どこにいらっしゃるんだ？」

お祖父ちゃんは穏やかに訊いた。

「二人とも死んだ。おふくろは俺が少年院に入っている間に、おやじが手紙で伝えてきた。もともと心臓が弱かったから、きっと心労が祟ったんだ。おやじは事故だった」

膝《ひざ》に目を落とした野口君は、これ以上ズボンを濡《ぬ》らすまいと、必死に歯を喰《く》いしばった。

5

「あなたと親しかった園部和男にも案じる家族がいる」

お祖父ちゃんはぽつりと洩らした。

はっとした顔を上げた野口君は、

「それじゃ、おっさんの言ってた、これを頼むっていうのは――」

「金に困っていた園部が、日本、いや、世界最高かもしれない、そのレッドエメラルドを売らなかったのは、自分自身の宝石への想いだけではなく、家族への気持ちを抱き続けて

きたことを伝えたかったのだと思う。これほどのものなら、然《しか》るべきルートで売れば、多少は家族の暮らしも楽になるはずだ」

「そうだったのか。てっきり、命を助けてやったお礼に俺にくれたもんだとばかり――」

「園部はそれでもよかったんじゃないかと思う。よく言えば、人を信じやすく、裏切られても相手を憎めない性質《たち》で、悪く言うと、詰めの甘いところのある奴だったから」

聞いていた野口君はスキンヘッドをごんと一つ、固めた拳でこづいて、

「俺って、何もわかってない馬鹿なんだな。こんちくしょう、こんちくしょう――、馬鹿、馬鹿、馬鹿」

ごんごんと叩き続けた。

濡れている、くるっと大きな目は、年齢より幼げで澄んで見える。

けれども、

「俺のもんじゃなかったんだな」

呟いた野口君の声は残念そうで、

「じゃあ、家族に届けなきゃな」

その目はレッドエメラルドリングから離れない。

――野口君の心が迷ってる――

「今から、園部さんのお形見を家族の方に届けようよ」

わたしは言った。

「そうだよね、そうしなきゃ‼」

野口君の顔が晴れた。

こうして、わたしと野口君は園部さんの妻子が住む静岡市へと向かった。

園部さんの奥さんは礼子《れいこ》さんといって、静岡駅の駅ビルの中にある、ジュエリーマンバラで店長をしているとわかっていたし、園部さんの失踪直後、力になったことのあるお祖父ちゃんは住所も知っていた。

「離婚してからの年賀状の姓はずっと旧姓のままだから、再婚はしていない様子だが、黙って姿を消した無責任な園部を、礼子さんが恨んでいないわけはない。思い出したくもないかもしれん。ここは連絡せずに直接会った方がいい」

お祖父ちゃんの助言にわたしたちは従うことにした。

「俺も行こうか」

出かける前に新太が同行をかって出ると、

「俺って、そんなに信じられない奴か？」

野口君が食ってかかり、

「新太さんにはしていただきたい仕事があります。今日はいつにも増して、委託品が多く届いておりますので、その仕分けをお願いします」

小野瀬さんがさりげなく仲裁に入った。

新幹線のホームに着くと、

「あ、俺、また、腹空いてきた」

野口君は売店をじっと見つめた。

「何か食べようか？」

誘わないわけにはいかない。

「うん」

野口君のために、きのこの神様という銘柄のチョコレート菓子と、バニラアイスを、自分にはゆで玉子と緑茶を買った。

新幹線の車内で隣り合うと、

「変だよ、ゆで玉子とお茶なんて」

野口君が笑った。

「親が忙しかったから、わたし、旅行に連れてってもらったことなんて、数えるほどなのよ。その時、電車の中で食べさせてもらったのが、これ。親もわたしもゆで玉子にお茶が好きだったの」

わたしの頭の中に、ゆで玉子の殻を剝《む》いては、父やわたしに渡してくれた、母の笑顔がうすぼんやりと浮かんだ。

「このきのこの神様とアイスはさ、子どもの頃から、俺が大好きで、それで、おふくろ、

いっつも、買って置いてくれてたんだ。おふくろが死んでからは、おやじまで――。それもあって、俺、毎日のようにおふくろとおやじの夢見るんだよ」

野口君の言葉が詰まって、猛烈な勢いで、バニラアイスが口に運ばれた。

「そんなに沢山の思い出が親とあって羨《うらや》ましい。わたしなんて、夢に見られるほど多くないもの――」

わたしはゆで玉子が上手く剝けなくなった。

「もしかして、青ちゃん――」

――あおちゃんと呼ばれちゃうのかぁ、それ、ちょっと舐められすぎじゃない？――

これでも年上なんだぞと言う代わりに、

「わたしの父親はね、わたしが子供の時に病気で死んで、母親はもっと前に離婚して家を出てったのよ」

わたしはさらりとかなり、ずしんと来る身の上を話して、

「旅はゆで玉子とお茶に限るわね」

ゆで玉子をぱくりぱくりと二口、三口で食べて、ぐいぐいとペットボトルのお茶を飲み干した。

静岡駅に着くと、まっすぐに駅ビルの二階へ上がった。

「ジュエリーマンバラって、いい場所にあるんだね」

少年院を出てから東京以外のところへ行ったことのなかったという野口君は、楽しそう

に、新茶のキャンペーンをしている、茶摘み娘の恰好《かっこう》をした売り子さんたちや、行き交う女の子たちの姿を目で追っている。

駅ビルの中のジュエリーマンバラはそう大きな店舗ではないが、人通りの多い二階のフロアにあって、若い女性客がひしめいていた。

——いいですか？　いつでも、どこでも、大切なのは市場調査です。これぞ、厳しいジュエリー業界冬の時代を生き抜く、必殺技なのです——

突然、念仏のように聞かされている、小野瀬さんの言葉が頭に浮かび、

——どんなものが売れてるのかしら？——

女性客ばかりとあって、尻込みした野口君は通路に立ったままでいたが、わたしはお客さんの間に入っていった。

「わ、このうさぎのストラップ可愛《かわい》い」

「いくら？」

「千九百八十円」

「東静岡のブティックで六千円だったよ」

「うそー」

「ほんとよ」

「それじゃ、ここで買わなきゃ」

——この薄利多売が、ジュエリーマンバラを、業界一の黒字企業にのしあげている原動

力なのだろうけど、これに使われてる金属は真鍮《しんちゅう》。すぐに錆《さ》びてしまう。ここは、こんなものばかりかな？——

わたしは陳列ケースを端から順番に見ていった。陳列ケースは全部で十ケースあり、その半分以上が、ジュエリーというよりも、真鍮のうさぎのストラップ同様、流行に合わせて、使い捨てにされることの多いアクセサリー類であった。

——東静岡のブティックより安いのはいいことだけど——

お祖父ちゃんの借金の件で、行きがかり上、社長の万原真二郎さんと会い、宝石への熱い想いを聞かされていたわたしは、正直、ちょっと残念な気がした。

十八金や、ホワイトゴールドがダイヤやルビー、サファイア等の天然石に使われている、本格的なハイジュエリーのケースは奥の奥にあった。ケースの向こうに、三十代後半と思われる、さらさらショートボブヘアが知的な感じの女性が立っている。

——これが礼子さん？——

礼子さんにしては少し若すぎるような気がしないでもない。

——でも、十代で結婚、出産ということもあるし——

「失礼ですが、店長さんの片山《かたやま》礼子さんでしょうか？」

わたしはショートボブの女性に訊いてみた。

「わたしは副店長の永田《ながた》です」

相手が素早く名刺を差し出して、

「本日、片山は休みをいただいております」

「わかりました、ありがとうございました」

わたしは通路に待たせていた野口君にそのことを告げて、市内にある片山家へと急いだ。

古びた塀に囲まれて建つ風格のある片山家は、何代も続いてきた旧家の趣きがあった。大きな五葉松の枝が、空に向かって深緑色の拳を振り上げているように見える。

インターホンのボタンを押した。

「相田青子と申します。相田輝一郎の孫です。祖父の使いでまいりました」

お祖父ちゃんの名を出せば、とりあえずは会ってくれるだろう。

「少々お待ちください。今、まいります」

玄関扉が開けられた。

「あなたが相田さんのお孫さん？」

すらりと背の高い、髪をアップにまとめた中年の女性がジーンズ姿で立っている。白いワイシャツの首もとに、きらっきらっと、ダイヤでできた馬蹄《ばてい》形のペンダントヘッドが光っている。お洒落ではあったが、化粧気のない白く整った顔は疲れきっているようだった。

——心配事があるんだわ——

直感したわたしは、

――ここで話して、門前払いを食ってはいけないから――

「はい。祖父から言付かった用件があって来ました」

「そちらの方は？」

礼子さんは野口君の方を不審そうに見た。

「わたしたち、まだ半人前なのです。ですから、祖父が二人でお訪ねするようにって――」

咄嗟に言い繕うと、

「相田社長の一番弟子の野口渉です。半人前ですいません」

察した野口君はぺこりとお辞儀をした。

その様子に苦笑した礼子さんは、

「どうぞ、お入りください」

やっと、安心してくれた。

6

わたしたちは客間に通された。

日本間の客間からは鹿威し《ししおど》しの音が跳ねる中庭が見渡せ、池のそばの踏み石には大きな青《あお》蛙《がえる》が座っていて、池の後ろの日陰には、まだつぼみも色づいていないアジサイの茂みが広がっている。

「遠いところをお訪ね頂いてありがとうございます。で、お話というのは？」

礼子さんが、水出しした新茶が注がれている、ガラスの湯呑《ゆの》みをわたしたちの前に置いた。

「実は――」

わたしは野口君が話してくれた、園部和男さんの最期を伝えて、

「どうか、園部さんの形見の品を受け取ってください」

リングのケースを開けた。

礼子さんはちらっとレッドエメラルドリングを見て、

「やっぱり、あの人、持って出たんですね」

口元を歪《ゆが》めた。

その様子は園部さんだけではなく、レッドエメラルドリングまでも、憎んでいるかのようだった。

「借金まみれになった園部がいなくなった時、娘の真穂《まほ》はまだ五歳。何しろ、勝手な人でした」

「だからこそ、せめてもの罪滅ぼしと思ってこれを、ここにいる野口君に託したんです」

わたしの言葉に野口君は頷き続ける。

「罪滅ぼし？　今更、冗談じゃありません」

礼子さんは吐き捨てるように言い、

「園部が残した借金の額は相当のものでしたが、その中でも、このレッドエメラルドを買い付けた借金が際立ってました。当時、わたしたちに同情してくださった相田さんが、稀少石のコレクターでもある、万原真二郎さんに交渉して、買い取っていただけるようにしてくださったんです。でも、肝心の石が見当たらなくなってしまって。皆で徹夜で必死に探したのですが、見つかりませんでした。それで、一部を相田さんに肩代わりして頂いたのですが、借金は残り、どれだけ、長い間、悩まされたか――。真穂には生まれつき喘息《ぜんそく》の持病があって、治療費がかかり、実家に頼らなければ、母娘で心中するしかなかったかもしれません。よりによって、一番、価値のある石を持って逃げるなんて、酷《ひど》すぎます。わたしは園部を許せません。ですから、このリングも受け取ることはできません」

と続けて、リングから目を背けた。

「あ、でも、おっさ――いえ、園部さんは、命と同じくらい、そいつを大事にしてたんですよ。夏なのにケースがすっぽり納まる大きさのポケットのあるジャケット着てて、大汗かいてて、俺、あせもの薬、塗らされたんですから。ホームレス仲間が、どうして、和男さんは、夏なのに冬物を着ているのかって訊いてくると、園部さん、〝知らなかった？　俺はバリバリの昭和の生まれだから、昭和天皇にあやかってんだよ〟なんて、大真面目な顔で誤魔化してた。昭和天皇って言ったのがミソ。会った人なんて仲間内にいないし、ジャケット、何着てたかなんて知らないし――」

野口君はリングを園部さんが肌身離さなかった様子を、アドリブを交えて、面白可笑《おか》し

く話したが、礼子さんの顔は強ばったままである。

——ああ、もう駄目かも——

「わざわざお越し頂いて、申しわけございませんが、どうか、お引き取りください」

礼子さんがわたしたちを促して立ち上がりかけた時、来客を告げるチャイムが鳴った。

「ちょっとお待ちください」

わたしにそう言うと、礼子さんは客間を出て、リビングキッチン脇のインターホンの受話器を取った。

「どちら様です？」

相手は一応名乗ったようだったが、

「そんなお名前、存じあげません。お家を間違えられたのではありませんか？　失礼します」

礼子さんが受話器を置こうとすると、

「ここの家と土地は借金のカタに入ってるんですよねえ。返済の期日はとっくに過ぎてますよお。奥さん、そろそろ、いい返事を聞かせてくださいよお」

受話器の向こうから、男の大きなだみ声が吠《ほ》えるように聞こえてきた。

「でも、そちら様とお会いするお約束はしていません」

「こっちの名は知らなくても、殿山《とのやま》不動産と言えば、おわかりでしょう」

その言葉にさっと青ざめた礼子さんは、

「お待ちください」

わたしたちを残して、慌ただしく玄関へ行った。

玄関の扉が荒々しく閉められる大きな音が響いて、

「念のためもう一度言っておきますがね。俺は篠崎《しのざき》コーポレーションの石垣三郎《いしがきさぶろう》だ。殿山不動産の社長さんとうちの社長が懇意でね。その殿山社長から頼まれてここへ来たんですよ」

割れるような声が響き渡り、

「上がらしてもらいますよ」

どたばたと廊下を踏み鳴らす音がこちらへ近づいてきた。

わたしが胸をどきどきさせていると、

――これ、きっと、かなりまずい――

目の合った野口君はさっと、机の上のリングの入ったケースに手を伸ばして、だぶだぶの背広のポケットにしまった。

「ここが、客間だな」

がらっと雪見障子が開けられた。

「ほう、先客ですか」

メタボ気味でロレックスの金時計を嵌《は》めている、迫力満点の中年男のほかに、サングラスをかけた金髪のやさ男、野口君同様のスキンヘッドで、噛み付いてきそうな面構えの強《こわ》

面《も》のお兄さんの三人が立っている。

「東京から見えたお客様です」

「じゃ、まあ、こっちは話があるんで、悪いが、あんたらは、とっとと東京へお帰りください」

スキンヘッドの強面が廊下に向かって顎《あご》をしゃくった。

「お見苦しいところをお見せしました。今日のところはどうぞ、お引き取りください」

真っ青な顔の礼子さんがわたしたちを促した。

――家と土地が借金のカタに？　だから、立ち退き？　礼子さんが疲れて見えてるの、大変なことになってるからだ――

――ここは意地でもどけねえな――

隣りに座っている野口君が素早く目で伝えてきた。

「こういう者です」

わたしが名刺を出すと、石垣三郎さんもさっと名刺を出してきた。

――篠崎コーポレーション営業部長か。ようはなんだか、わからない会社ね。仕事内容は恐喝込みの立ち退かせ屋？――

「さっさとおまえらも出せ」

強面はすぐにポケットから出したが、金髪がもたもたしていると、

「馬鹿野郎」

石垣さんに怒鳴りつけられた。

「名刺を出してきたからには、俺と話がしたいってことだな」

わたしはじろりと石垣さんに睨み付けられたが、

――強気、強気、――

野口君の目に励まされた。

「玄関でのお話、ここまで聞こえていました。わたしたちも東京からこちらのお宅まで借金の催促に来たんです」

――この連中からくわしい話を聞くにはこれしかない――

「残念だが、この家に借金を返す金なんて残っていませんよ。この家の持ち主の片山武生《たけお》が、株の投資のために、家と土地を担保に借金したのはいいが、株を買った会社が倒産してしまったんだから。株券はただの紙屑《かみくず》。借りた金は返すのが常識ってものですからね」

「ですから、あと一ヶ月したら、必ず、ここを出て行きますと、殿山不動産とお約束したはずです。一ヶ月分の金利は後でローンでお支払いすることになっています」

「一ヶ月分の金利は、今すぐ、耳を揃えて先払いしてもらわないと」

「それではお約束が違います」

礼子さんは凛《りん》とした声を響かせた。

「そんなこと、俺たちは知りませーん。だって、その殿山社長さんからの頼みでここにこうして来たんですから。奥さん、俺たちは子供の遣いじゃないんですよ。れっきとした、

ほれ、営業部長なんですから。きちんと商談をまとめないとならないんですよ」

「酷いです」

礼子さんは石垣さんを睨み付けるが、

「話はこれで終《しま》いだ。五日は待つ。それまでにここを出て行ってくださいよ。うちじゃ引っ越し業務もやってますから、声をかけてくれれば、すぐにトラック寄越しますよ。六日目になっても、あんたらが、引っ越さないでいたら、俺たちは、毎日ここへ来ますよ。この東京から来た姉さんが言ったように俺たちの声はでかいですから。近所に聞こえるかもしれませんがね」

相手は動じる風などあるわけもなく、

「いいか、五日だぞ、五日」

念を押すと、

「行くぞ」

二人を引き連れて玄関を出て行った。

立ち上がり、後を追った礼子さんは、

「お願いします。一ヶ月したら必ず出て行きます。ですから、一ヶ月、一ヶ月だけは待ってください、お願いします、お願いします、お願いです、お願い――」

懇願し続けていたが、返ってくる言葉は無く、玄関扉を閉める大きな音だけが響いていた。

7

「礼子さん、どうしたのかしら？」

玄関の扉が閉められる音が止んでも、礼子さんは戻ってこない。

「もしかして——」

わたしと野口君は同時に立ち上がって、客間を出ると玄関へと廊下を走った。

礼子さんが玄関口に蹲《うずくま》っている。

「大変——」

急いで駆け寄って助け起こした。

「ちょっと眩暈《めまい》がして。でも、ご心配なく。貧血は体質ですから」

礼子さんは立ち上がろうとして、顔をしかめ腹部を押さえた。

「最近、お医者さんに十二指腸潰瘍《かいよう》だと言われました」

十二指腸潰瘍はストレス性のものが多い。

「救急車、呼びましょうか？」

野口君の言葉に礼子さんは首を横に振って、

「痛みは薬で治まります。リビングキッチンに連れて行ってください」

わたしたちは礼子さんを抱えて、玄関を入ってすぐのリビングキッチンのソファーの上に、そっと、見かけ通り、ふわりと軽い身体を横たえた。

「薬、どこですか？」

わたしはピルケースを探し当て、野口君は水の入ったコップを差し出す。

「クールな造りの部屋ですね」

野口君はモノトーンでまとめられた、建築関係の雑誌に出てきそうなリビングキッチンをぐるりと見回した。

——こんな時にふさわしい台詞《せりふ》じゃないけど、野口君なら仕方ない。けれど、古風な門や庭、玄関、廊下、畳の客間なんかとのギャップがありすぎる——

礼子さんは薬を飲んで、しばらくすると、痛みが治まった様子で、ソファーの上に起き上がった。

「ここはね、元は、蒲団《ふとん》部屋と納戸だったのよ。台所は北側にあって。そのころは、大勢の使用人が住み込んでたんです。古くなった台所をここに移して、いらなくなった部屋の壁を取り払って、リビングキッチンにしたのは、この家の主で二つ違いの弟の武生です。武生は小さい時から、目立つことが大好きで、東京の大学の建築学科へ進学したのですが、我が儘《まま》が過ぎて、教授やお友達との折り合いが悪く、いつしか車の改造に嵌ってしまったのです。こっちに帰ってきてからは、母を拝み倒して、資金を出してもらって、自動車の改造業をはじめたのですけど——」

野口君の目は、そんなのでやっていけるはずはない、とわたしに告げている。

「道楽みたいなものです」

礼子さんは目を伏せた。

「弟さんに奥さんや子どもさん、いらっしゃるんですか？」

わたしは訊かずにはいられなかった。

「二度ほど結婚はしたんですが、愛想をつかされて別れました。女の人は誰かしら、いつもいますが、子どもがいないのは幸いです。相手は派手に暮らせると誤解するようです。弟は短い時を一緒に過ごすだけなら、面白くて楽しい男ですもの——そういえば、園部に似ていなくもありません」

礼子さんはこの日、二回目の苦笑を洩らした。

「弟さんはどこに？」

「家と土地を守るために、車の改造工場を居抜きで売ろうと、東京で金策に駆け回っているはずです」

「こういう仕事は、後ろに怖い人たちでも控えていて、定期的に上客を斡旋《あっせん》してくれない限り、儲《もう》からないとわかっているのでなかなか難しいと思う」

野口君はいつになく真剣な面持ちで鼻筋に皺を寄せて、

「車の改造の怖い相手となると、さっきの奴らなんてメじゃないほど、こわーい相手だよ。関わったら、縁を切るのは命がけだ。いくらいい話でも、そいつらに売っては駄目だ」

——この野口君の話、貴重な耳学問かも——

「まあ、そんな——」

礼子さんの多少、赤みを帯びてきた顔は、再び真っ青になった。

「弟はたしかにだらしないところがありますが、わたしたち母娘《おやこ》が戻ってきた時、何も言わずに温かく迎えてくれました。時には、娘のお父さん代わりをしてくれもしました。弟に何かあったら――」

「これを売りましょう」

わたしは野口君のポケットからリングケースを取り出して、ぱちんと蓋を開けた。

「でも、返さなければならないお金は、延滞料を入れて一億五千万円もあるんですよ」

ひっ――。

野口君の喉《のど》が鳴って、

――そんなだったのかあ――

やや恨みがましげな目でわたしを見た。

「わたしもそれくらいの価値のあるものだとはわかっています。でも、いったい、どうやって、それを売るのです？」

礼子さんはため息をついた。

「離れて見ただけだけど、マンバラの店の中、照明が凄かったよね。このレッドエメラルドもああいうとこに置けば、また、一段と映えるんだろうな。絶対、売れるよ」

稀少石を市場に出して、簡単に売れると思い込んでいる、野口君は無邪気そのものだった。

「わたしに考えがあります。五日の間、お預かりしてよろしいでしょうか？」

わたしの言葉に礼子さんは一瞬たじろいだ。

「でも、それでは――」

「園部さんのお形見を納めていただくことになります。ところで、どうして、一ヶ月の延滞を願い出ていたのです？　この間に、弟さんが金策に成功すると思ってのことですか？」

わたしは直感で、なぜか、他にも理由があるような気がした。

「実は名古屋近郊の町役場で保健師をしている娘の真穂が、そこで知り合った方と来月半ばに式を挙げるんです。その時は認知症が悪化して入院している母も、一時退院して、歴史のあるこの家から、一緒に送り出したいと思っているのです。それだけが、わたしと、いいえ、孫の顔だけはわかる母のただ一つの願い、夢なのです」

話し終えた礼子さんは、とうとう堪えきれずにむせび泣いた。

「園部さんが生きていたら、きっと、同じように、娘さんの晴れ姿を見たかったことでしょう。どうか、園部さんのお気持ちをお受け取りください。お願いです」

わたしは園部さんに代わって頭を下げた。

「ジューン・ブライドっていいよね」

野口君は明るく言い放ち、

「ありがとうございます」

礼子さんは泣き顔のまま礼を言った。

持ち帰ったレッドエメラルドリングを、お祖父ちゃんに渡したわたしは、

「コレクターの万原真二郎さんなら二つ返事で買ってくれるよね」

思い込んでいたが、

「はてね——」

お祖父ちゃんは腕組みした。

「まさか、駄目ってことじゃ——」

「駄目ではなかろうが、万原が園部と競り合ったレッドエメはルースだった。エメラルド類は硬度が七・五から八で、ダイヤやサファイア、ルビーのように硬い石ではない。園部が肌身離さず持っていたとなれば、摩耗したり、傷がついていてもおかしくない。これは叩かれるな」

「一億円ぐらい？」

「いや、その半分も怪しい」

「それじゃ、困るわ。礼子さん一家、さんざん嫌がらせを受けて追い出されるし、娘さんのせっかくのおめでたい門出もパー。危ない連中に改造工場を売ったりしたら、武生さんだって、どうなるかわからない。困る、困る、困る、絶対困る」

わたしがややゴネ口調になると、

「まあ、当てのないこともない」

お祖父ちゃんは片目を瞑《つむ》って見せた。

――こういう時のお祖父ちゃんって、可愛くて頼もしい――

この後、お祖父ちゃんは三日ほど、仕事を休み、昼と夜を逆転させて、コロンビアの旧い友達と電話で価格交渉を続けていた。

結果、園部さんのレッドエメラルドリングは、こちらのいい値の一億五千万円で売れた。

買ったのは、コロンビアのエメラルド王と言われている、吉田卓士《よしだたくじ》さんで、折良く、エメラルド記念館を設立するに際して、幻の存在となりつつある、レッドエメラルドを全世界から集めていたところだった。

礼子さんは信頼できる弁護士を雇い、延滞料を含む弟さんの借金を完済できた。

娘さんの結婚式が済んだ後、礼子さんは上京してお祖父ちゃんにお礼を言いにきた。

「ありがとうございました。何とお礼を申し上げたらいいか――」

何段も重なっている両口屋是清《りょうぐちやこれきよ》の上菓子が差し出された。その上には、そっとスナップ写真が添えられている。

写真には、花嫁姿の真穂さんと、丸顔で、ややぽっちゃりした体型の人の好《よ》さそうな花婿さんが写っている。

――真穂さん、スズランみたいに綺麗。御主人は優しそうな人。きっと幸せになるわ

「ありがとうございました、ありがとうございました」

何度も頭を下げつつ、目頭を押さえる礼子さんに、

「よかった、よかった。さぞかし、あの世の園部も喜んでいることでしょう」

お祖父ちゃんも涙ぐんでいた。

「弟も今回はさすがにこたえたようで、車の改造業は、すっぱりやめました。介護士の資格を取って、施設に入れた母を引き取り、家で世話をすることに決めたようです」

礼子さんの顔は別人と見違えるほど明るかった。

ああ、それから、お祖父ちゃんは、

「どうか、売っていただいたレッドエメラルドリングを委託品扱いにしてください。これはその手数料です」

どうしても、受け取ってほしいと礼子さんが用意してきた小切手千五百万円を押し返して、

「わしは園部に頼まれたんだと思っています。ここにいる野口君とわしらを引き合わせてくれたのもあの園部だと――」

固辞した。

――千五百万円あれば、借金のほとんどを返せるから、あくせく、マンバラの仕事を続けることもないのに――

わたしはちょっと残念だった。

でも、やっぱり、お祖父ちゃんらしい!!!

第4話　天空の蜜はどこに？

1

「野口君、午後便の仕分けお願いね」

「うん、任しといて」

園部和男さんの御家族のために、レッドエメラルドリングはコロンビアに渡り、託された野口君はまた、ホームレス暮らしを続けるのかと、わたしは心配だった。

──一度ホームレスになるとなかなか、元に戻れないっていうけど、野口君はまだ若いんだし──

できればちゃんとした職について働いてほしいとわたしが思っていると、

「食べさせてくれるだけでいいから、ここで働かせてくれませんか？」

野口君がお祖父ちゃんに頭を下げた。

「君がそうしたいなら、やってごらん」

この時からお祖父ちゃんは野口君をあなたではなく、君と呼ぶようになった。

「しかし、はじめの三ヶ月は見習いとするべきです」

小野瀬さんは眼鏡の縁を押さえた。

「そりゃあ、そうだよ」

珍しいことに新太が相づちを打って、

「それでは見習い期間を設けよう。ただし、三ヶ月経てば正規のスタッフになれるというのではなく、この仕事に適性があるかどうかをわしが判断する」

お祖父ちゃんの言葉に、

「適性って、相性がいいか、どうかってこと?」

野口君は不安そうな顔になった。

「ここにいるみんなはそれぞれ、宝石に対して特技がある。わしは宝石屋の職人で、小野瀬君はジュエリー経営コンサルタント、青子は歩く屈折率測定器で、どんな石でも一度見たものは見間違えず、種類を言い当てられる。新太君は宝石の値段となると、誰よりも興味津々で頼もしい。わしら職人はとかく、銭金勘定抜きで宝石に魅入られることが多いから、実はこれは大事なことだ」

「俺、もしかして、世界を飛び回って、宝石を買い付ける、バイヤーの資質ありかな?」

新太が目を細めると、

「それには百戦練磨のバイヤー修業が必要ですよ」

小野瀬さんが釘《くぎ》を刺した。

「そんなわけだから、君も宝石に対して、これぞという特技を持ってくれないと困る」

「特技なんて言われると──」

怖じ気づく野口君に、

「宝石を美しい、愛《いと》しいと慈しむ気持ちでもかまわない」

「それなら──大丈夫かも。俺、リングになってたレッドエメラルド、昔、恐山《おそれざん》っていうところで見た湖に似てて、みんなは恐ろしいって言ってたけど、優しくって温かいって感じた。その湖で魚になって泳ぐ夢見たよ」

──あ、それ、わたしの感じたのと似てる、わたしのは湖じゃなく、海だったし、魚になる夢は見なかったけど──

わたしは心の中で叫んだ。

「恐山の湖なら宇曾利湖《うそりこ》で、硫化水素が多いので、たしか、棲《す》んでいる魚はウグイだけのはずですが、赤くはありませんよ。君、もしかして──」

小野瀬さんが困惑気味に首をかしげると、

「俺は何も湖が赤く見えたなんて、言ってねえぞ。フィーリングだよ、フィーリング」

野口君は少々むくれた。

「野口君のは心で受け止めた恐山の湖なのではないかと思う。下北《しもきた》の人たちは、昔々から、人は死んだら、必ず、魂はお山、恐山に行くと信じていて、火山岩に覆われた風景を地獄に、湖の砂浜を極楽浜と見立ててきた。恐山には地獄と極楽が一緒にある。だから、地獄

の赤い血の海と、極楽浜から広がる湖が合体して感じられても不思議はない。野口君、君は想像力が豊かだな、感心した。宝石を極める上で想像力は貴重なものだ」

お祖父ちゃんは励ますように、にっこりと笑った。

――野口君の心が見た恐山の赤い湖って、亡くなったお母さんで、泳いでた魚は野口君なのかも――

「ただし、残念ながら、想像力だけでは、宝石を識《し》ることはできない。これから、しばらく、君には委託品の仕分けを通して、さまざまな宝石を識ってもらうことにした。まずは相手をよく識らなければ、慈しむことはできない。識る気があるか、ないかが、野口君、君がこの仕事に向くか、向かないかの第一ハードルになる。まずは、このハードルを越えなければ次は無い」

お祖父ちゃんはやや厳しく言い渡した。

「任しといてください」

この時、野口君はどんと一つ、自分の胸を叩《たた》いたが、問題はまだあった。

「あなたはどこにお住まいです？」

小野瀬さんが眉《まゆ》をひそめた。

誰に対しても、〝あなた〟で通している小野瀬さんは、呼び方を変える気はないらしい。

「そりゃあ、公園とかの――仲間のところで――」

一気に歯切れが悪くなった野口君に、

「これから夏だろ」

新太がじろりと野口君の背広を見た。

「臭《にお》うかな？」

野口君も気づいている。

「何とかなんないのか？」

「といっても――」

住むところも、お金もないという言葉を野口君は呑《の》み込んだようである。

「仕事仲間への配慮は不可欠なものです」

小野瀬さんは淡々と忠告した。

「あの、食べさせてくれるだけじゃなく――」

野口君はお祖父ちゃんの目にすがった。

「空いてる部屋はあるが――」

お祖父ちゃんはわたしの方を見た。

――どうかね？――

――わたしはかまわないけど――

うちに寝泊まりしたらと言いかけた時、

「駄目だよ、駄目」

新太が声を荒らげて、

「小野瀬さんが言い出したことなんだから、何とかしてくれないと――」

「わたくしに無理なことぐらいおわかりでしょう」

あわてた小野瀬さんの眼鏡がずりおちかけた。

「それじゃ、やはり――」

わたしが次の言葉を続けようとすると、

「駄目、駄目、駄目、青子んとこだけは。若い男と女が一つ屋根の下じゃ、危なすぎる」

などと時代がかったことを言って、お祖父ちゃんに相づちをもとめた。

「まあ、そういうこともあるか」

新太の気勢に押されて、お祖父ちゃんが頷《うなず》いたところで、

「おやじに掛け合うよ。たしか、ずっと空き部屋になってたとこがあったはずだから。野口、おまえ、うちの飯は好きだろ?」

新太は野口君が年下とわかったとたん、弟分扱いになっている。

「ハーブチキンサンド、美味《うま》かった。毎日、あれでもいい」

「だったら、うちに来いよ」

新太は飛ぶようにして、お隣りに戻るとすぐに帰ってきて、

「決まりだ」

親指を立てて見せた。

一人息子の新太の言い分は、よほど、おかしな間違いでない限り、古賀家では、すんな

りと通るのである。

こうして、野口君は古賀家のビルにある、一部屋の住人となった。

世話好きの温子おばさんのおかげで、小柄な知史おじさんの古いズボンやTシャツ等が、そっくり、野口君の物になった。

「先生してたって言うから、怒られやしないかって、びくびくもんだったけど、いい人だね。飯もすごく美味《おい》しいし」

野口君は感激している。

でも、わたしは野口君の悩みを知っていた。

「宝石を識るって、種類がわかることだよね」

野口君に訊《き》かれた。

「初歩はそうでしょうね」

「次は？」

「それぞれの石の美しさに感動すること」

「感動――」

ここで野口君は行き詰まっている様子だった。

「俺、種類を見分けるだけで、もう、精一杯で――」

「もう少し、慣れれば感じられるものよ」

そう応《こた》えたものの、わたしはこの時、ふと、野口君は、恐山の湖とレッドエメラルドを

重ねたように、自分の体験や気持ちを宝石に託すことはできても、宝石本来の輝きや彩を、ごくごく無心に、感じ取ることができないのかもしれないと案じた。

――自分があって宝石があるのではない。まず宝石ありきでなければ――。それができないと、この仕事は続けられない――

そんなある日、

「青子ちゃん？」

掛かってきた電話はあの銀座のママの村田由希子さんだった。

「このところ、馬鹿みたいに暑いわね」

電話の向こうで、大粒の汗を拭《ふ》いている、やや豊満な村田さんの姿が想像できた。

「お元気ですか」

「仕事があるんだもの、死んではいられないのよ」

村田さんらしいパンチのある応えである。

「ホステスバイトのことなら、夏は絶対無理です」

夏に着物なんて、考えただけで、頭がくらくらしてくる。

「夏枯れで間に合ってるから、バイトは頼まないわよ。ところで、相田さん、いらっしゃるかしら？」

お祖父ちゃんに用があるようだった。

2

「あたし、夏になると、どういうわけか、これが食べたくなるのよ。相田さんもお好きだといいけど」

村田さんは心持ち首をかしげながらも笑顔で、資生堂パーラーのブランデーケーキの包みを差し出した。

この日の村田さんは、長い髪を無造作にまとめて、モノトーンの絣《かすり》の着物をリフォームしたワンピース姿である。

胸元には、お祖父ちゃんが福袋用に作ったのと同じ、ピンクスピネル二種類が重ねづけされている。福袋を買い損なった村田さんのたっての頼みで、お祖父ちゃんが特別に作ったのである。

「いいでしょ、このピンクスピネル。この鮮やかなピンク、着けてると元気が出てくるし、細工がいいって、みんなにも褒めて貰《もら》えるの」

村田さんは満足そうに言い、

「大丈夫です。うちのお祖父ちゃん、甘いものは和洋関係なく、大好きですから。ありがとうございます」

わたしは村田さんの手土産にお礼を言った。

ただし、ブランデーケーキとなると、お祖父ちゃんは紅茶にうるさい。

「今、アイスティーを淹《い》れてきますね」

ブランデーケーキには濃く淹れたダージリン以外、妥協しないのがお祖父ちゃん流であった。

「これには、いくら身体《からだ》にいいからって、ハーブティーの類《たぐい》や、香りがついているアールグレイなどは断じて合わんよ」

なるほど。

ちょうどおやつの時間である。

わたしは人数分のアイスティーと、切り分けたブランデーケーキを載せるお皿やフォークを用意した。

店のソファーには、お祖父ちゃんと村田さんが向かい合って腰かけていて、小野瀬さんはパソコンに向かい、新太と野口君は仕分け用に購入した、折りたたみ式スチールテーブルで、せっせと委託品の包みを開けている。

——こうやって見ると、うちには、ちゃんとした、お客様用の応接間ってないんだなあ——

村田さんは床から天井まで大開口になっている、大きな窓の外を見ている。

夏のハーブガーデンは春ほど花が盛りではないが、ラベンダーの花穂だけは今しか見ることができない。

「まあ、感激。こんな都心にラベンダーの花が咲いてるなんて信じられない」

「毎年、咲かすのは大変のようですな」

世間話に受け答えしながら、お祖父ちゃんはわたしの方を見た。

「そうなの？　富良野《ふらの》のラベンダーツアーに行った時、旭川に下りたとたん、ふわーっといい香りがして、ここまでの強い香りを放つなんて、なんて、生命力旺盛《おうせい》なんだろうって感心したのよ。ほんとにそんなに弱いの？」

村田さんに念を押されて、

「ラベンダーは湿度と暑さに弱いんです。梅雨のない北海道は、からっとしているので、あれほど、強く逞《たくま》しくラベンダーが育つんです」

わたしが応えると、

「毎年、花の後、三分の一ぐらいは枯れちゃうんですよ。なんで、その分を見越して、春先に挿し木して補ってるんです。それで、何とか次の年も変わりないように見えるんですよ」

新太が補足した。

ラベンダーの挿し木は、新太と温子おばさんがずっと請け負ってきた。

「兄貴、それ、来年は俺も手伝うよ」

野口君はもう、新太を兄貴と呼んでいる。

ラベンダーの話が一区切りついたところで、

「あの、なんでしたら、わたしたち、しばらく失礼しますけど――」

――とりあえずのスタッフルームは、お祖父ちゃんの部屋を借りることにしよう――

わたしはトレーの上のアイスティーの入ったコップを、お祖父ちゃんと村田さんの前だけに置いた。

「あら、そんな気遣い要らないわよ」

村田さんはからからと笑って、

「ああ、美味しい、喉《のど》が渇いてた。皆さんもどうぞ――」

立ち上がって、トレーのアイスティーを皆に配り終えると、

「早く、ブランデーケーキも」

わたしを急《せ》かして、ブランデーケーキを切り分けさせた。

お皿に載せて、各々《おのおの》に運ぶのも村田さんがやってくれた。

小野瀬さんに渡す時にだけ、

「あなた、どうして、そんなにしかめ面なの？　笑顔をどっかに忘れてきたっていう顔よ」

無邪気に首を横に振った。

「ほんとにいいんですか？」

わたしが耳元で囁《ささや》くと、

「ここにいる人たちが知っている人の話じゃないし、もしかしたら、当の相田さんが力を借りることになるかもしれないことだから――」

曖昧《あいまい》な言い方をした。

――お祖父ちゃんに直《じか》に関《かか》わることなのね――

それだけは間違いなさそうだ。

「実はけい子姉さんの旦那様《だんなさま》だった、大橋恭三《おおはしきょうぞう》さんが亡くなって、四十九日の法要を終えたばかりなの」

村田さんはお祖父ちゃんに向かって話し始めた。

「そうだったか――。大橋食品の会長ともなれば新聞のおくやみ欄にも載っただろうに、すっかり見落としていた」

「それでね、あたしは生前の恭三さんから、頼み事をされてたんです。大橋さんには、けい子姉さんが亡くなってから、〝ルージュ・ア・レーブル〟を贔屓《ひいき》にしてもらってました。なんでも、姉さんはあたしのことを、由希ちゃん、由希ちゃんと呼んで、大橋さんに話していたそうで、最初は、形見を貰《もら》ってほしいからって、〝ルージュ・ア・レーブル〟にみえたんです。この間の翡翠《ひすい》もその一つでした。そんなご縁で、あたしは、癌《がん》で死期が迫った大橋さんから、遺言状を見せられたんです。遺産分与について、大橋さんは、相田さんの力を借りて、正しい分与になるよう、見極めてほしいとおっしゃって」

「大橋食品といえば、時代の波に乗って、大橋恭三さん一代で、ここまでの財を成した食品加工業者です。特にリーズナブルなレトルト食品に限っては、シェア九十パーセント以上、最大手です」

小野瀬さんの眼鏡の奥が光った。

「しかし、どうして、わたしなのか？」

お祖父ちゃんは困惑しきっている。

「大橋さんはけい子姉さんと相田さんが、相思相愛の仲だと知っていたのに、お金にモノを言わせて、姉さんを奪うようにして奥さんにしたことを、ずっと悔いてきたんだそうです」

この言葉に新太、野口君、小野瀬さんまでもがあっという表情になった。

すでに知っているわたしは驚かない。

「姉さん、大橋家に嫁いでも幸せじゃなかったから——。親戚《しんせき》連中から、ホステス上がりだ、金目当てだと邪険にされるだけじゃなくて、なさぬ仲の息子夫婦には、お手伝いさんみたいにこき使われてたって、姉さんのお葬式の時、ずっと同情してきたっていう、ホンモノのお手伝いさんから聞きました。特に息子の嫁が酷《ひど》くて酷くて、虐《いじ》められて虐められて——最後の入院の直前まで、孫二人の世話をさせられてたって」

村田さんは悔し涙を溢《あふ》れさせた。

「けい子に大橋さんとの子はなかったのか？」

お祖父ちゃんは訊いた。

「成人している立派な跡継ぎがいらっしゃるからと、姉さんは子どもは作らないことにしたかったたんだそうですが、息子一人では心配だからと、どうしても大橋さんが譲らず、一

度妊娠したものの流産したとか――」

――これまた、辛《つら》すぎる――

「ならば、けい子は義理の孫二人をさぞかし、可愛《かわい》がっていたことだろう」

お祖父ちゃんの目も潤みかけた。

「それはそうでしょうね。大橋さんは、二十歳を過ぎた年子の孫二人のうち、長男を、息子の次の後継者に据えたいと考えておいでのようだったけど――。〝あの世のけい子だって、無関心ではいられないだろう、二人が譲りあって、仲良くそれぞれが幸せになれるようにと、この世に深い想いを遺《のこ》しているに違いない〟っておっしゃってました。それから、その想いを、きっと相田さんも理解してくれるはずだって」

「その二人、立派な両親がいるんだよね」

野口君が口を挟み、

「そういうの、そもそも、祖父さんが出しゃばらずに、両親や本人たちに任せとけばいいんじゃね？」

新太が相づちを打った。

「誰が経営者になるかは、大橋食品の屋台骨に関わり、何千人もの従業員たちや家族の生活がかかっているのですから、会長も無関心ではいられなかったでしょう。ここまでの大手企業ともなると、普通の家とは事情が違うのです」

小野瀬さんはじろりと横目で新太を睨《にら》んで言い切り、

「これは私見ですが、会長さんは現社長さんの息子さん夫婦の子育てに、何らかの問題を感じておられたのではないかと思います」

村田さんの方を見た。

「そういえば、大橋さん、はっきりとは言わなかったけど、〝二人がよくなついてた、あのけい子さえ生きていてくれれば〟、なんておっしゃってたね」

「聞くところによると、偉大なる創立者である恭三さんがお元気な頃から、社内の上層部が長男派と次男派に割れていたようです。長男派は会長派、次男派は現社長派で、表向きは孫の代へ向けての後継者争いですが、実はこれは会長と社長、骨肉の闘いです。死を前にして、恭三さんが相田さんに仲裁を頼んだのは、これを機に骨肉の争いを終わらせ、上層部を融和させて、社内の士気の低迷を防ごうとしたのでしょう」

「仕事が命の人でしたから、充分、あり得ることね」

頷いた村田さんに、お祖父ちゃんは渋々、首を縦に振り、

「まあ、そこまでの事情なら、一介の宝石屋が引き受けるには重い荷だが、無下に断るわけにはいくまい。断れば、あの世のけい子に叱《しか》られそうだ。だが、正しい財産分与などと言われても、わしは大橋食品の税理士でも弁護士でも顧問でさえない。会社や資産のことは、全く何も知らない。ようはこの話はあまりに漠然としすぎていて、要領を得ないということだ。まずは関係者にある程度の説明を願いたい」

大きなため息を洩らした。

——大橋さん、お祖父ちゃんに悪いことをしたと思ってたんでしょ。そんな相手に、こんな大きな頼み事をするのは図々しすぎない？　それとも、あそこまで偉くなっちゃうと、何でも思い通りになると思い込んじゃってるのかな。前にお祖父ちゃんとけい子さんって人を、引き離したように——。冬生まれのお祖父ちゃん、ただでさえ、暑い夏には弱いし、仕事に追われ続けてるっていうのに——

わたしは大橋さんという人は身勝手すぎると思った。

3

「くわしいことは、もうすぐ、わかるようになってます」

村田さんはダイヤ入りのショパールの腕時計に目を落とした。

「そろそろ——」

目でお祖父ちゃんを促す。

「そろそろとは？」

キョトンとしているお祖父ちゃんに、

「これから田園調布の大橋さんの家で、弁護士さん立ち会いのもと、遺言状の開封があるのです。ご遺族はここで初めて、亡き大橋さんの遺言を知ることになります。もちろん、立ち会っていただけますよね」

村田さんが持ち前の押しの強さを発揮する。

——親族も知らない遺言の中身を、生前の大橋さんは村田さんに知らせていたのね。よくそんなこと——

わたしは不可解な気がした。

「もしかして、遺言はビデオでは？」

小野瀬さんが言い当てた。

「そうなの。あたしは責任が重いんで、嫌だって言ったんだけど、けい子の代わりだと思って、どうしても立ち会ってくれって言われて、遺言のビデオ撮影の時に病室に居たのよ」

「相田さんに大橋家と関わってもらうためですね」

——そこまでして、お祖父ちゃんを巻き込む意味なんてどこにあるんだろうか？——

不可思議にもなってきた。

「それじゃ、相田さん、行きましょうか」

村田さんに釣られて立ち上がったお祖父ちゃんだったが、

「痛たたっ」

すとんとソファーの上に腰から落ちるように座ってしまった。

「根《こん》を詰めすぎた」

「祖父には椎間板《ついかんばん》ヘルニアの持病があって、時々、こうして症状が悪化するんです」

「困ったわね」

その実、村田さんは少しも困っていない顔で、

「それじゃ、代わりに青子ちゃんが行ってちょうだい」

さらりと言ってのけた。

「たしか、さっき、あなたは、相田さんは、周囲の人から力を借りるかもしれないとおっしゃっていましたね」

聞いていないふりをしていて、小野瀬さんはしっかりと聞き耳を立てていた。

「そうなの、それでもいいの」

ふふふと笑った村田さんに、

「ふざけんなよ」

野口君が切れて、

「それじゃ、まるで、ゲームだ」

新太の眉《まゆ》がぐいと上がった。

「正直に言うとその要素は大きいの。でも、誓って、このお店にもここにいる人たちにも害は及ばない。それどころか、すっごくトクするかもしれない」

村田さんは謎《なぞ》めいた言い方をした。

――面白くなってきたかも――

「とにかく行きます」

わたしはここ一番という時に着る、麻素材の黒い夏のスーツを着込んで、誕生石である、

サファイアの大きな丸いペンダントを胸に飾った。

これは薄くカットした濃い色のブルーサファイアを、ステンドガラスの花のように、ホワイトゴールドの地金にびっしりと無数に嵌め込んだ作りで、お祖父ちゃんが十八歳の誕生日に作って、プレゼントしてくれたものである。

アンティーク風な趣きがあり、ダイヤが一粒も使われていないのに、豪華さもあって、それでいて若々しく、わたしの大のお気に入りであった。

——よし、これ、お守り代わり——

「すまんな、よろしく頼むぞ、青子」

お祖父ちゃんが痛む腰をさすりながら、わたしを見送った。

「頑張ってきてください」

野口君の激励が飛ぶ。

「何かあったら、すぐ電話寄こせよ。声がヤバい時はメールにするんだぞ」

「何も青子さんは誘拐されるわけではありません」

はらはらしている新太を尻目に、
小野瀬さんはこほんと一つ咳をして、

「わたくしでお役に立つことでしたら、何なりとお申し付けください」

わたしと村田さんにそれぞれ一礼した。

——これじゃ、マジで戦争にでも行くみたいじゃない——

ぷっと吹き出しそうになるのを堪《こら》えて、

「それでは行ってまいります」

わたしは村田さんが呼んだハイヤーに一緒に乗り込んだ。

「みんな仲良しでいい人たちね」

隣りの村田さんが呟《つぶや》いた。

「わたしもそう思ってます」

「大橋さんのところへ、相田宝飾店の人の爪《つめ》の垢《あか》でも煎《せん》じて送ってあげたいくらい――」

「でも――」

とかく、お金がありすぎると、そうもいかないものではと続けかけて止めた。

「大橋さんの家というよりもお屋敷なんだけど、田園調布の桜田慎太郎《さくらだしんたろう》の家と言われてるのよ」

村田さんが話題を変えた。

桜田慎太郎は極彩色のお城のような家の建築の途中、周囲の住民から景観を損なうとして訴えられていた、人気ホラー漫画家である。

「そんなに強烈な外観なんですか？」

「でもないんだけど、外の壁が全部瑠璃《るり》だったこともあって――」

瑠璃はラピスラズリの和名で、美しい群青が鮮やかな半貴石《はんきせき》である。

「けい子姉さんの生きてた頃の話。壁に瑠璃を貼《は》り尽くした大橋さんは、札幌の中島公園にある豊平館《ほうへいかん》の外壁が、高貴な瑠璃で彩られていたのに、ヒントを得たんだって話してくれたわ。豊平館に行った時の大橋さんは、商売に行き詰まっていて、出張先の札幌の中島公園のベンチで一休みしていた時、明治期に建てられた西洋館と鮮やかな瑠璃色が目に入ったんだそうよ。中を見学してて、当時の最先端の美味しい西洋料理は、そこが中心だったことを知り、いつでも、どこでも、簡単に、本格仕込みの料理が安く味わえないものかと考えて、試行錯誤の末、レトルト食品の大量生産に行き着いたんだとか――。その後、これが起爆剤になって、とんとん拍子にのし上がることができたんで、大橋さんにとって、瑠璃は幸運をもたらす縁起物になったのね。大橋さん、あの外壁が青く彩られていなければ、思いつかなかっただろうっていうのが口癖――。瑠璃の石言葉は尊厳、崇高。究極のカリスマ成功者にぴったりじゃない?」

「豊平館、高校の修学旅行で行きました」

中島公園に移築されて記念館になる前の豊平館は、北海道で初めて建てられた本格的な西洋館で、明治天皇をはじめ、歴代の天皇が訪れたホテルで種々の祝賀会にも使われた。

印象に残っているのは、徹底的に西洋の贅《ぜい》が凝らされている、豪華なシャンデリアや瀟《しょう》洒《しゃ》な窓等ではなく、漆喰《しっくい》の天井の中心にレリーフされていた、日本的な紅葉や牡丹、外壁の瑠璃だった。

あの時、初めて、わりに耳慣れているラピスラズリが、瑠璃という和名を持つことも知

った。

「昔はそんなことなかったんだけど、瑠璃の価値も上がって、このところ、価値を知ってる外国の人なんかも増えてくると――その人たちばかりのせいじゃないんだろうけど――」

「ラピスの外壁が壊されて、盗まれてるんですね」

「治安が悪くなるってことで、近くに住んでる人たちから、外してほしいっていう、訴えみたいなものが出てるみたい」

――たしかに、これは桜田慎太郎並みのお騒がせだ――

「社長をしてる息子さんの宗一郎《そういちろう》さんは、社会的責任のある企業トップの家が、お騒がせの源になってるのはまずいと考えて、外すべきだと言い、瑠璃に深い想いのある会長は聞く耳を持たなかった。親子の確執のきっかけはここらあたりにあるんじゃないかって、噂《うわさ》よ」

――大橋食品のお家騒動の原因がラピスだったなんて――

わたしは唖然《あぜん》とした。

ハイヤーが大きな門構えの家の前で止まった。

――ひぇーっ、これ全部、ホンモノのラピス。たぶん、アフガニスタンのものだろうけど、それにしても凄いわ‼――

ラピスラズリの多くはアフガニスタンでしか、産出されない。

そびえ立つ外壁には隙間《すきま》なくラピスが貼り詰められていて、夏の午後の光にウルトラマリンのまばゆい光を放っている。

――まるで、海が迫ってきてるみたい――

「大橋さんって、海もお好きだったんじゃないですか？」

「いい勘してるわね。大橋食品がここまで伸びたのは、海好きの大橋さんが海産物のレトルトに力を入れたからだそうよ」

村田さんは、インターホンのブザーを押したところで、

「ここからは青子ちゃん一人で。こういう席にあたしみたいな立場の者は、いない方がいいのよ」

待たせていたハイヤーに乗り込んで、さっさと帰ってしまった。

4

目の前のインターホンから、

「どちらさまでしょう？」

細く綺麗《きれい》な声が響いた。

「相田輝一郎の代理の者です」

「どうぞ」

門が開き、車寄せが見えた。

門からは白い舗道《ほどう》が車寄せまで続いている。

玄関を入ると強いカサブランカの匂いが漂ってくる。

「お待ちいたしておりました。大橋静香《しずか》です」

上品な物腰のその中年女性は、さらっとした白いワンピース姿で、あっと驚くほど若く美しかった。

――ハプスブルグ家のお嫁さんで、最後は暗殺されたっていう、皇妃エリザベートを日本人にしたらこんな感じかな？――

腰だけではなく、二の腕まで引き締まっていて、

――エリザベート同様にダイエットし続けてるかな？――

思わず訊いてみたくなったほどである。

「相田輝一郎の孫の青子です。祖父はちょっと――」

持病の話をしてしまうのさえ、生々しすぎるのではないかと思われる相手だった。

――高貴な妖精《ようせい》っていう感じかも――

「よろしいんですよ、かまいません。どうか、お気になさらないでください」

静香さんは微笑《ほほえ》んで頷いてくれた。

「家族と弁護士さんをご紹介いたします」

静香さんは大きな木目が浮き出ているドアの前に立った。

ドアが動き、見えていた木目が左右に割れて、エレベーターの扉が開いた。

——これって、ホームエレベーター？　初めて見るけど、スゴイ‼　でも、ボタン押さなかった——

「カサブランカ、お好きだといいけれど」

乗り込んだエレベーターの中の花台にも、カサブランカが活けられている。

「義父《ちち》は好きでしたが、わたくしは苦手で——」

静香さんは右手に握っていたリモコンを左手に移し替えて、取り出したポケットのハンカチで鼻を押さえた。

——この家は、ほとんどがリモコンで操作できるようになってるんだわ。たぶん、これも大橋さんの趣味——

大橋邸は豊平館とは一見、似ても似つかない。似ているとしたら、アメリカ映画に出てくる、マンハッタンあたりにあってもおかしくない、最新設備の備わった大富豪の邸宅である。

それでも、この家と豊平館はやはり似ているとわたしは感じた。

——今でこそ、あの豊平館は明治時代の華麗な亡霊みたいに見えるけど、洋風の造りに徹しつつ、和のテイストが加味されていて、まさに、最高の贅沢にして、最新の建築様式だった。その意味じゃ、ここと同じ。きっと、大橋さんもそう感じてたはず——

エレベーターはこのお屋敷の最上階、四階で止まった。

扉が開くと、カサブランカの香りがさらに強く匂っている。

「この階は義父が使っていたので、仏壇があるのです。一周忌までは、義母《はは》も好きだったカサブランカを、絶やさないでほしいと言って、亡くなりました。一年分、花屋に頼んであって、毎日のように届いているのです」

苦手な静香さんは少々うんざりした表情を見せた。

――義母ってけい子さんのことね。カサブランカ、けい子さんが好きだったから、大橋さんも好きになったのかも――それほどけい子さんを愛していたのね――

「もしかして、お義母《かあ》さんが亡くなった時も、大橋さんは一年分、届けさせていたのでは？」

つい、訊かなくてもいいことを訊いてしまった。

「よく、おわかりですね」

一瞬だったが、見開かれた静香さんの目が警戒した。

「何となく、お義父《とう》さんという方は、拘《こだわ》りの強い方のように思えたので――」

「その通りです」

相づちを打った静香さんはどことなく冷淡で、

「会ったこともない祖父を、こんな大事な席に呼ぶことも含めて――」

わたしが先を続けると、

「そうです、そうに決まってます」

目を合わせないようにして、吐き捨てるように言った。

——お祖父ちゃんも、代理のわたしも、実は招かれざる客だったってことなのだ。そうとわかっていたら、来たりしなかったのに——

前を歩いていた静香さんが手を動かすと、白い扉が開いた。

三十畳はあるかと思われるフローリングに、背もたれまで石でできている、青い椅子《いす》が十脚向かいあって並んでいる。

——わ、びっくり。これまでラピス。椅子がラピスの原石でできてる——

さすがに正面に見えている仏壇は、高価なのだろうがよくある紫檀《したん》で、二百本以上はあるカサブランカに取り囲まれている。

仏壇から、ゆらゆらと立ち上る紫色の煙も、馴染《なじ》みのあるお線香と思われる。

並んでいる三人分の位牌《いはい》と遺影が見えた。

わたしは、静香さんの許しを得て、仏壇に近づくと一礼してお線香をあげ、手を合わせてしばし、瞑目《めいもく》した後、しみじみと遺影を見た。

——大橋さんとけい子さん、対照的——

大橋さんは角張った大きな切り餅《もち》のような輪郭で、南方風の目鼻立ちがくっきりしている。古風な野獣派イケメンというタイプ。今は見かけないこの手の顔の男子は、成功や出世がハンパじゃなかったりする。

——あ、でも、お祖父ちゃんより、大橋さんが無茶苦茶、年下ってことはあり得ないから——

頭の毛の黒さから、若い頃の写真だと気づき、――大橋さん、けい子さんと死に別れた頃の写真を遺影にするよう決めてたんだ――すんなり感動してしまった。

けい子さんは細面《ほそおもて》で、着物を着せて日本髪にしたら、引く手あまたの売れっ子芸者になること間違いなしの美女。

――でも、こういう人って、大姉御になった時の泣く子も黙る、迫力顔が想像できない。だから、なぜか早死になのよね。なんていったっけな、そうそう佳人薄命――

最後の一人分の位牌と遺影はたぶん、最初の奥様で、宗一郎さんのお母さん。戒名だけでは性別だけで、名前まではわからない。

古い写真ではあったが、どことなく、面差しや表情、雰囲気がけい子さんに似ている。

――つまり、こういうタイプが好みの女性だったんだ、大橋さんは――

すると扉の開く音がして、

「祖父さん、もう、いい加減にしてくれよ。線香の匂い」

「お祖父様には悪いけど、僕はママと一緒でカサブランカはたまらないよ。頭が痛くなってさ」

ざわつきが混じった。

「二人ともそんなことを言っては駄目よ、駄目、ふふふ、駄目」

女の人の声は思いきり甘かった。

振り返ると、いつの間にかいなくなっていた静香さんと、二十代半ばの二人の男性が部屋の中へと入ってきていた。

息子、つまり、大橋さんの孫と思われる二人のうち、祖父さんと雑な呼び方をした方が、崩した背広の着方をしている。

――超高いブランド物をわざと着崩して見せているのね。でも、逆にこれ見よがし――

お祖父様と呼んだもう一人の背広姿は、モデルのように、びしっと決まりすぎていて、着慣れていないことが一目瞭然《りょうぜん》。

――ブランド男子服の宣伝をするにはいいでしょうけど――

皮肉の一つも言ってやりたくなったのは、この二人が、女子なら誰でも、飛びついて、食べたくなってしまう、現代のスーパーイケメン兄弟だったからである。

――まあ、イケメンの母親は皇妃エリザベートなのだから、遺伝子上、こうなるか――

「話しておいた相田さんよ」

静香さんの声には変わらず、冷ややかな響きがある。

「祖父の代理でまいりました相田青子です」

「今時、その年齢《とし》でまいりましただってさ――」

着崩してあえて粗野を自己演出している、朗らかイケメンがぷっと吹き出した。

「まあ、海斗《かいと》、失礼ですよ」

たしなめたのは口先だけで、静香さんの声音が柔らかくなった。

「すみません、悪気はないんですが、弟は礼儀知らずで――。申し遅れました、わたしは兄の道彦《みちひこ》です」

普段は背広に無縁なせいで、今は石膏《せっこう》のように固まってしまっているとしか見えない、不安、緊張型イケメンが丁寧に頭を下げた。

――何も謝るほどのこともないけど――

「今日はよろしくお願いします」

わたしもお辞儀した。

この時、不意に轟音《ごうおん》が鳴り響いた。旋律である。

――ベートーベンの交響曲第五番、〝運命〟だわ――

「午後四時ちょうどね」

静香さんが呟くのと、扉が開いたのは、ほぼ同時だった。

大橋さんの息子だと一目でわかる、今ではもう、とてもイケメンとは呼べない、いかつい顔の五十歳ほどの男性が、不似合いな顎鬚《あごひげ》を生やした、同じ年格好のもう一人と入ってきた。

「ふう、十秒も遅れてしまったか――」

道彦さんが不機嫌そうに咳《せ》き込んだ。

一方、朗らかイケメンの海斗さんが、わたしの耳元で素早く囁いた。

「あれがうちの親父で大橋食品社長の大橋宗一郎。時間にうるさかった祖父さんが生きて

た頃の癖が抜けなくて、まだ、ああいう調子。東大、ハーバードだってのに気の小さな奴さ。あとの一人はうちの顧問弁護士、夏目誠《なつめまこと》ちゃん」

弁護士さんは、小野瀬さんが年を取ったら、こうなるのではないかと思われるような、なぜか、度の強い眼鏡だけはよく映る風貌《ふうぼう》だった。

5

「相田輝一郎さんは？」

夏目さんは眼鏡を直す仕種《しぐさ》まで小野瀬さんに似ている。

「輝一郎の孫、青子です。お話では祖父の近くにいる者でもいいとのことでしたので」

村田さんの名前は出さなかった。

「ええ、まあ、そういうことにもなりますが、そちらにとって、相田さんがいらした方が有利でした」

「有利？」

まるで、お祖父ちゃんが相続人の一人のような言い方であった。

――でも、ま、そんなわけないわよね、赤の他人なんだし――

「これから、遺言ビデオをご覧いただければわかります」

こうして、わたしたちはラピスのどっしりとした椅子に座って、超特大の液晶テレビで大橋恭三さんの遺言ビデオを観《み》ることになった。

「やあ、家族のみんな――。これをみんなが観ているということは、わしが死んで、四十九日が終わっているということだな」

ベッドに頭をもたせかけている、画面の大橋さんはすでに瘦《や》せ細っている。遺影のがっしりした旧イケメンの面影はどこにもない。

鼻にカニューラ（酸素吸入器のチューブ）を入れていて、時々、咳き込んで、苦しそうな息を吐く。

「大丈夫ですよ、大丈夫だから」

そばにいる人、たぶん村田さんに向かって言った。

「何年か前に患った大腸癌は克服したと思い込んでいたが、肺に転移すると治る見込みは無いとのことだ。わしは死ぬ。それで遺言状を作ることにした。これは、死んだわしからのメッセージと思って聞いてほしい。まずは家族のみんなに苦言を呈しておきたい。生きている頃にも、近いことは言ったが、わしはただでさえ家族に煙たがられていた。嫌われすぎて、話しかけられなくなるのが切なくて、ここまで存分には言えなかった――」

ここで、また、大橋さんは咳をして、差し出された膿盆《のうぼん》に、

「すまんね」

ごほんと一つ大きく吐き出すと、

「まずは息子。社長の宗一郎。おまえは高卒の俺より、遥《はる》かにいい学歴を積んだエリートで、そいつを多少は商売に活かしているが、社長の器とは言えない。スキを突かれまいと

用心するのはいいが、結果、下に威張ることしか能のない、重役たちの顔色ばかり窺《うかが》ってのさばらせている。ようはリーダーシップが足りんのだ」

わたしが伏し目がちに宗一郎さんを窺うと、両膝に置いた両手がズボンの生地を千切れんばかりに摑《つか》んでいた。よく冷房の効いた部屋なのに、額からどっと脂汗が噴き出た。

「宗一郎の女房の静香。あんたの取り柄は化け物みたいに年を取らない、持って生まれた器量の好さと、多少なりとも、旧宮家の縁につながっているという名門の血だけだ。それ以外は女房としても、母親としても失格。あんたは外れ嫁だよ」

大橋さんは咳を堪《こら》えようと、ペットボトルの水を傾けて先を続けた。

「孫。宗一郎の長男道彦。おまえは小さい時から礼儀正しく、勉強好きで、将来が頼もしい子どもだった。なのに、小学校へ行けず、家に引き籠もり、家庭教師が通ってきて、やっと高卒認定試験にまで行き着いたにもかかわらず、相変わらず、家から外へ出ようとしない。わしは長男のおまえを次期社長にと考えていただけに、残念でならないが、ここで断念することにした。おまえの人への優しさや配慮は表面的なもので、本当は弱い自分を守りたいだけなのだ。おまえはもう、一生、この家から出られないだろう」

大橋さんは悲しげにため息をついた。

当の道彦さんはがっくりとうなだれてしまった。

「それから、次男海斗。道彦と対照的におまえは人に媚《こ》びるのが上手だった。だが、おまえの媚びは、わし以外のこの家の人間にしか通用しない、猿知恵にすぎん。幼稚園から名

門の私立へ通わせ、せっかくそこそこの大学を出たというのに、わしの知り合いの食品会社で、雑巾がけの苦労をしてこようとはしなかった。一昔前なら勘当ものだ。そして、おまえは、子どもに甘い両親の懐を狙《ねら》って出資させ、起業資金が少なくてすむ出版の真似事をして、いっぱしを気取っている。親たちは隠そうとしているが、おまえの会社が赤字続きなことは調べて知っている。おまえは兄の道彦とは違っていると、自分のことを思いたいだろうが、独り立ちできないという点では、情けないどんぐりの背比べだ。おまえは一生、両親の金と縁が切れんだろう」

大橋さんの目はそこに海斗さんがいるかのように険しくなった。

海斗さんはといえば、

「じじい、そこまで言うかよ」

ふんと鼻を鳴らした。

すると、突然、静香さんの顔が蒼白《そうはく》になって、ひーっという悲鳴が洩れて、

「お、お義父様は亡くなっても、わたくしたちを虐め続けるおつもりなんだわ。わたくしにお洒落と家柄しか取り柄がないなんて酷すぎる。わ、わたくしだって、この家で、いえ、お義父様の御気性にどれだけ、苦労させられたか――。名門とは名ばかりで、貧しさの中で育ったわたくしを、息子の嫁にと望んだのはお義父様だった。高卒でデパートに就職が決まっていたわたくしに、〝高卒、デパート勤めでは大橋家の嫁として恥ずかしい。短大に通わせて、相応の支度もする。実家の両親、兄弟姉妹のめんどうも見る。嫁の実家に酷

い暮らしぶりをされていては、こちらも世間体が悪い。あんたの役目は、跡継ぎの男の子を生むことと、宗一郎の嫁として恥ずかしくない様子でいることだ〃っておっしゃった。わたくしは、ずっと、お義父様のおっしゃる通りにしてきただけです。それなのに、こんなおっしゃりよう、あんまりです、あんまり――」

おいおいと泣き始めた。

――けい子さんだけじゃなく、息子のお嫁さんにまで、実家のめんどうを見てやると言って釣ってたのね。困ってる家族まで幸せにしてくれるんだったらって、ラッキーと思うよ。金持ちらしいやり方で気に入らないけど――

わたしは感心しつつ、憤慨もした。

「奥様、まだビデオは続きます」

ビデオを止めていた夏目さんの声に、

「頼む」

宗一郎さんが続行を指示した。

再び、大橋さんの病み衰えた様子が画面一杯に広がる。

「これほど、わしがあしざまに罵《のの》しるので、家族のみんなは、今頃、相続の行方が気がかりになっているはずだ。これについては、いい知らせと、悪い知らせ、二件の決断を発表する。ただし、悪い知らせの方は禍《わざわい》を転じて福となす、よい知らせにもなる」

大橋さんは無理やり笑顔を作って、元気そうに振る舞っている。

話を続けた。

「相続はほぼ法律通り行う。宗一郎は一人息子なので、わしの会社の株と個人財産の全部を一人で相続させる。わしがどこかに、寄付でもするのではないかと思っていたのなら、見当外れだ。苦労に苦労を重ねて築いてきたものは、やはり、血縁に譲って逝きたい」

そこで宗一郎さんは、ほぉーっと大きなため息をついて、ズボンの生地を摑んでいた両手を緩め、静香さんはぴたりと泣き止んだ。

さらに話は続く。

「ほぼと言ったのは、わしには売り値の見当もつかないほどのお宝があるからだ。この家の中にある。これを亡くなったけい子と縁のある、相田輝一郎さんと競って探してほしい。おまえたち四人と相田さんの対決だ。相田さん、ここに居られたら、どうか、無理なお願いをしたわたしを許してください。四人対一人ではフェアーでないと思われるなら、御家族とかのお仲間を募っても結構です。お宝探しにご参加ください。お宝は見つけた方の持ち物になります」

画面が乱れ、シャーという音とともにビデオは終《しま》いになった。

「馬鹿馬鹿しい」

海斗さんが床を蹴《け》って、

「会社の株や個人資産がそっくり、親父のものになるんなら、要らないよ、そんなよくわからないお宝」

また、鼻を鳴らしかけると、

「ところがこのお宝は重大なのです」

夏目さんが諭すように告げた。

「まさか、価値だけではない意味があるとでも？」

宗一郎さんの目が怯《おび》えた。

「はい。この家族の方々がお宝を見つけられない場合は、取締役会にこの旨を通達して、三代目社長の指名は、同族の枠を外し、取締役会に一任することになります。現在のところ、日本ではビデオは法的には遺言状としては認められておりません。その旨、会長にお話しして、ビデオ撮影ののちに遺言状を作成いたしました。基本的には同じ内容です。そこに次期社長のことも書かれています」

夏目さんがアタッシュケースから〝遺言状〟と書かれた書類を取り出し、広げた。

一同の目が遺言状に吸い寄せられた。

「こんなことはあり得ない。大橋食品の株の八割は父とわたしが押さえているはずだ」

宗一郎さんは顔色を変えた。

「大橋家が所有している会社の株は、亡くなる直前、会長が極秘に、古くからつきあいのあるご友人と、取締役の方々に譲られたため、全株の四十パーセントになりました。ですから、これは可能です」

重要事項を決定する株主総会で、単独で力を持つためには、全株の過半数を持っていな

ければならない。

――でも、たしか、大橋さん、重役たちのことをよくは言ってなかった。そんな人たちに任せていいのかな？　それとも時が過ぎて、人事が入れ替われば、あの世の大橋さんのお眼鏡に叶う、重役も出てくるのかな？――

わたしのこの疑問を察知したかのように、

「会長は先々のことを考えた場合、安易な同族経営は、会社を危うくすると考えておられました。〝奴らには、重役の椅子に座ったとたん、ふんぞり返る癖はあるが、相応の努力をして昇り詰めてきている。社長の椅子の重みも知らずに、当たり前のように座る、馬鹿な子どもよりはましな判断をするはずだ。取締役会に指名された新社長は、規模を縮小をすることはあっても、会社を潰すことはないだろう〟と」

夏目さんは大橋さんの真意を告げた。

「大事な自社株を友達や取締役、赤の他人に売ってしまっていたなんて――。そこまで父は――」

宗一郎さんは両拳を固め、

「社長の息子なのに、社長になれないってか？」

海斗さんの血相が変わり、

「僕はそれでもいいな」

道彦さんは気楽に呟いた。

「あのう、これは誠に申し上げにくいことなのですが――」

夏目さんが続けかけて口籠もると、

「まだ、何かあるのか？　とにかく言いなさい」

宙を睨んで宗一郎さんは促した。

「会長の御遺志でこの家は会社に売却されました。社宅ですので、これからは、相応の家賃を支払っていただいて、お住まいいただくことになります。お支払いいただけない場合は、出て行っていただかなくてはなりません」

「僕の居場所がなくなっちゃう、どうしよう――僕、この家でしか生きられないのに――」

道彦さんはパニック状態になった。

「祖父さん、すっかり、イカれちまってたんだよ」

海斗さんが故人を罵り、

「あなたが早く、何とかして、お義父様を後見制度にしなかったから、こんなことになったのよ」

静香さんが金切り声で激しく夫を責めた。

――後見制度って、重度の認知症の人とか、判断能力を欠く状態の人とその財産を保護する後見人をつける法律的措置よね。たしかに、大橋さんの遺言ビデオパワー、凄《すさ》まじくて、遺族としてはショックだろうけど、とても認知症だったとは思えない――

「父の病気は癌だけだった」

　宗一郎さんは静香さんに言い切り、

「ところで、わたしたちに遺してくれた現金はどれだけある？」

　夏目さんに訊いた。

「自社株は額面通りではなく、安く譲られましたので、他社の優良株や個人の預貯金、この家を会社に売却して得た金額を合わせて、五億円ほどです」

　――凄い。やっぱり、お金持ちは違うわね。それだけうちにあれば、借金なんて、さっと返して、まだたっぷりおつりがくる――

　わたしは心の中でよだれを垂らしかけたが、

「たったそれだけ？」

　静香さんと海斗さんの目が同時に吊り上がった。

「その金額を全部投じても、自社株の数パーセントも買うことはできない。父はいったい、十億円以上あった預貯金を何に使い果たしたのだろう？」

　宗一郎さんは夏目さんに対して問い詰める口調になった。

「まだ、おわかりになりませんか？」

　きゅっと唇の両端を持ち上げて、皮肉な笑いを浮かべた時の夏目さんの表情は、まさに小野瀬さんそのものだった。

「お宝に？」

最初に道彦さんが気がついた。

夏目さんが大きく頷く。

「ただし、会長が売られた株や家の土地の金額も注ぎ込まれていますから、正確には十五億円ほどです」

――十五億円ですって？　これは借金完済どころじゃない、極上のカラーダイヤだって買える――

この時、夏目さんを除く全員の目が、いっせいにわたしの方を見た。

6

――こちらに辞退してほしいのかしら？――

わたしが扉の方をちらっと見た時、

「念のため、申し上げておきますが、相田様が宝探しを辞退なさっても、御遺族がお宝を見つけ出さなければ、三代目社長の椅子は取締役会に委《ゆだ》ねられます。それから、持ち株が過半数を割った現社長宗一郎様の今後の進退も、取締役会の決議にかかっているのです」

「お宝を見つけ出さなければ、わたしは社長の座を追われるかもしれないのか――」

宗一郎さんは背面がラピスの椅子に崩れ落ちるように座った。

「失礼ですが、気を落とされている暇はございません。あまり時間の猶予がないのです。会長の提案なさったお宝探しは、午後四時に遺言状をごらんいただいてから、夜明けまで

の時間と決まっているからです。陽《ひ》が昇る明日の夜明けは、午前四時三十九分です。皆様、それまでにお探しいただかなければなりません」

「こういうお宝探しの場合、たいていはヒントみたいなものがあるはずだけど――。僕らの携帯にメールでも入るのか？」

　道彦さんに訊かれて、

「ヒントはございます。ただし、会長はメールは使われませんでしたので、こればかりは、わたくしが書面を預からせていただいております」

　夏目さんは二通の白い封筒を出して見せた。

「先手必勝、家族が先に選んでいいはずだ」

　わたしは海斗さんに睨まれた。

「一応、あいうえお順ということになっておりますが――」

「いいえ、結構です、どうぞ」

　海斗さんの勢いに圧倒され、わたしは大橋家に譲った。

「それでは――」

「ここは一家の主のパパが――」

　道彦さんが封筒に近づこうとした海斗さんを止めた。

「宝のある場所が書いてあるかもしれない。どうか、あなた、お願い、頑張って」

　静香さんに励まされて立ち上がった宗一郎さんは、夏目さんが右手に持っていた封筒に

手を伸ばす。

わたしは残りの封筒を手にした。

大橋さん一家は、封筒の中身を開く宗一郎さんを取り囲んでいる。

「ちなみに、それぞれが、この場で、書かれている内容を声に出して伝え合う決まりになっています」

「天空の蜜《みつ》」

宗一郎さんは声に出した。

「歌が三首です」

「相田様もお願いします」

「詠《よ》んでください」

「一首目が〝白崎は　幸《さき》くあり待て　大船に　ま梶《かじ》しじ貫《ぬ》き　またかへり見む〟、二首目は〝月日夜《つくひよ》は　過ぐは行けども、母父《あもしし》が　玉の姿は、わすれせなふも〟で、最後の三首目が〝紫の　名高《なたか》の浦の　真砂地《まなごつち》　袖のみ触れて、寝ずかなりなむ〟です」

「どこがヒントになっているか、話してください。まずは御家族から――」

「これ、競い合いだろ？」

海斗さんは夏目さんまで睨み付け、

「ヒントなんて与え合ってよろしいのかしら？」

静香さんが抗議した。

「これも会長が決められました。互いにヒントを教え合い、それらのヒントの解釈を合わせて、それぞれが力を尽くしてほしいということでした。さあ、御家族から――」

「天空の蜜などと言われても――」

宗一郎さんが首をかしげると、

「空から注いでる蜜――。空からの蜜は花の蜜じゃない。だから、これは陽射しのことじゃないかしら？　蜂蜜は透明な黄金色だったわね」

口にした静香さんは、

「お義父様のお気に入りのサンルーム、滅多に誰も入らせなかったわ。金塊は蜂蜜色をしてるわ」

と続けて、

「グッド　ジョブ」

海斗さんが親指を突き出し、

「サンルームを今から、徹底的に、祖父さんが溜め込んでた金塊を探すぞ。兄貴、ぼやぼやしないで」

勢い込んで部屋を出て行こうとした。

「いいんですか？　相田さんの解釈を聞かなくても？」

声を掛けた夏目さんに、

「僕は聞きたいんだけど――」

そう応えたものの、道彦さんは、静香さんに促されて、宗一郎さんと一緒に、ばたばたと海斗さんの後を追った。

わたしは夏目さんと二人になった。

「これ、古い時代の歌だと思うのですが、わたしには意味不明です。インターネットで調べれば、意味だけはわかると思うんですけど――」

「残念ながら、メール同様、今回の宝探しにインターネットは厳禁です。従って、携帯やスマートホンの使用も駄目です。しかし、電話は自由ですから、こちらをお使いください」

夏目さんがこじゃれた電話器の固定電話を指差した。

「また、エレベーターのスイッチは切られ、階段にも見張りが立っていて、皆様、夜が明けるまで、この階から移動することもできません」

――今、わたしに許されている、周囲の人からの助けは電話だけなんだわ。十五億円の夢、メールごときで失うのは勿体《もったい》ない――

とりあえず、わたしはお祖父ちゃんの携帯に電話を掛けた。

宝探しにいたる事情を説明して、歌を読み上げると、お祖父ちゃんは途中までメモを取っている様子だったが、

「こちらが引き当てたのは短歌だとはな。それにしてもむずかしいな。ちんぷんかんぷんだ。だが、ちょっと、待ってくれ」

一度電話が切られた。

次に掛かってきた電話の声は若い女性のもので、

「その節はお世話になりました。松枝永子です。大村さん、高校の歴史の教師になることになったんです。結婚の日取りが決まって、相田さんと青子さんのお二人にも式に出ていただきたくて、大村さんとこちらへ立ち寄ったところでした。相田さんが青子さんの電話を受けて、メモ書きしかけていた短歌、もう一度、読んでみていただけませんか？　わたしでお役に立てるかもしれません」

――そうだった、永子さんは大学で古典を教えていたんだった――

「それでは、お言葉に甘えて――」

わたしは三首をもう一度繰り返した。

「それは三首とも万葉集に収められている、詠み人知らずの歌です。わたし、源氏物語等、古典全般を教えていますが、専門は万葉集なんです。だから間違ってはいないと思います」

「歌の意味を教えてください」

「白崎は――の歌は、その昔、紀伊と都の間に交流があり、舟が行き来していた折、船上から見た海の美しさを讃えたものです。このあたりの島々は石灰岩でできているので、その白い色と群青の海の対照は、さぞかし、鮮やかなはずです」

「月日夜はの方は？」

「山上憶良の〝銀《しろがね》も金《くがね》も玉も何せむにまされる宝子にしかめやも〟を御存じかしら？」

「ええ、それなら——。親が子を想う気持ちを歌ったものですね」

「月日夜は——は、それと同じように、子の側から、円満に歳月を重ねて行く、両親を玉に例えて想う気持ちが歌われているのです」

「玉というのは今でいう地金の金銀、宝石質の石のことですよね」

「そのはずです」

「最後の紫の名高の浦の真砂地は？」

「砂浜をわずかに濡らす海の水を、袖が触れ合っただけのはかない恋に掛けて、詠まれていますが、研究者たちが注目しているのは、名高の枕言葉になっている紫です。これ以後、紫は高貴な色として認められたという説があります。もしかしたら、この歌を詠んだのは身分を隠した、高貴な生まれの人だったかもしれません」

「三首に共通する何かはありますか？」

「さあ、詠み人知らずということ以外は——」

「お祖父ちゃんに聞いていると思いますが、これはお宝探しの大事なヒントなんです。必ず意味があるはずです——」

わたしは藁《わら》にもすがりつきたい思いであった。

「わたしが思いついたことを申し上げていいですか？」

「是非、お願いします」

「一首目と三首目は共に景観が詠まれていて、目に浮かぶのは一首目は群青の海、三首目はなぜか、砂浜でもはかない恋でもなく、紫という高貴な色。二首目は両親への愛が玉と同列に讃えられている」

「群青、高貴、玉——。おかげでわかりました‼　ありがとうございました」

わたしは電話の向こう側に叫んでいた。

「お宝は群青の色をした高貴な宝石だったのですね。ここからは相田さんじゃないと——。今、替わります」

「群青で高貴な宝石の典型はラピスラズリだが、十五億円分も買い込んで家に隠すことはできんよ」

「でも、このお屋敷の外壁はラピスよ。大橋さんにはラピスへの深い思い入れがあったの」

わたしは豊平館ばりの外壁と出遭った話をした。

話している間に、だんだん冷静になってきて、

——いくら大好きでも、堂々と外壁に使ってるようなものを、お宝扱いして探させるはずない——

「ないのか、他にヒントは？」

電話口のお祖父《じ》ちゃんが焦れた。

「あるとしたら、天空の蜜——天空は天の空ね、蜜は蜂蜜の蜜よ」

「何だ、そうだったのか。そいつを先に言ってくれてたら、すぐわかったのに」

お祖父ちゃんは、ははは と愉快そうに笑った。

7

「ラピスラズリはあの素晴らしく鮮やかなウルトラマリンの色合いで、天空の破片と呼ばれている。構成している物質は、ラズライト、ソーダライト、ノーゼライト、アウィンで、このうちのアウィンがラピスの群青の立役者になっている。アウィンなくして、ラピスは天空の破片とは呼ばれない」

電話越しのお祖父ちゃんの声はおごそかなものに変わった。

「つまり、ラピスの蜜の味はアウィンってわけね」

「そうだ。そのアウィンだけが結晶して、出来上がった宝石がアウイナイトと呼ばれる」

「初めて聞く名前――」

「ここからは、歩く宝石事典の小野瀬さんに替わるとしよう」

小野瀬さんが電話を替わった。

「アウイナイトの発見は今から約二百年前、イタリアのヴェスヴィオ火山帯で、フランスの結晶学者アウイによります。ただし、宝石質のものを見つけたのは、一九七三年、ドイツのアイフェル地方にあるカルデラ湖で、イーダーオーバーシュタインのカット職人です。今でも宝石質のアウイナイトを採掘できるのは、唯一、ドイツだけです。パライバのよう

に蛍光性がありながら、深みのある、非常に美しいブルーです。バターリャの初期パライバよりも、最高級とされているカシミールの非加熱サファイアより、美しいとする人もいます。これほどの神秘の色は他に類を見ないと言うのです。残念なことに、小さなものしか採れず、知られている限りでは、大きくても、4カラットを超えるものはありません。世界的に宝石コレクターの垂涎《すいぜん》の的であり、常に非常な高値で取り引きされています。相田さんに替わります」

　また、お祖父ちゃんに電話が替わる。

「大橋さんのお宝はこのアウイナイトね」

　わたしは念を押した。

「間違いあるまい」

「わたし、今まで、見たことも、聞いたこともなかった」

「宝石屋には出てないし、うちにもない。ネット販売で多少、小さなものが売られているだけだろう。わしも、知り合いに0・3キャラのを恭しく見せてもらって、あまりに美しいので、1キャラを押さえている相手と交渉したことがある。非の打ちどころのないルースだったが、片手と言われた時は首を縦に振れなかった。借金も抱えてて、青子にも迷惑かけてることだしな――」

　――お祖父ちゃん、わたしに遠慮してたんだ。当たり前といえば、当たり前だけど、何だか、可哀想――

「でも、1カラット、五百万は高すぎるわよ」

「安くしておくといってその値段だった。一千万出しても欲しいという人はいるそうだ」

「大橋さんもその一人だったのね」

「そうだろうが――。1カラットのアウイを十五億円分、単純計算で百五十個、買っていたら、これはかなり話題になる。わしの耳にも聞こえてくるはずだ。聞こえてこないということは、大橋さんのアウイはびっくりもののお宝なのではないかと思う」

「特大のアウイナイトってこと？」

「現在、アウイナイトは、大理石の切り出しの途中で、偶然、見つかったものが土地の業者に売られている。ドイツは人件費が高いので、細々と採掘されているにすぎない。ここで、特大と言える大きさのものが採れた話は聞いたことがない」

「前にベスビアスで採れたんだから、他でも実はこっそり採れてるんじゃない？」

「アウイは火山性の鉱物で、他にアメリカやメキシコでも見つかっているが、これらの地域では、宝石質のものは出ないとされている。ただ、これは聞いた話だが、この日本には、世界中にアウイ産出地に通じていて、各地域の鉱山主と直接取引ができる奴がいるという」

「アウイナイト買いのドンね」

「その人物は表舞台に出ることもなく、名前も取り引きも内容も固く秘されている。ドイツ以外の地域で良質のアウイが出ていたとしても、誰に幾らで売るかは、そいつが取り仕

切っているはずだ」

「大橋さんはその人から特大を買った可能性が大きいってことね」

「そういうことになる」

「わかった、ありがとう。これを今から皆さんに伝えなきゃ——」

わたしが電話を切ろうとすると、

「青子、わしはここまでの話とは思わなかった。おまえを一人でそこへやったことを悔いている。十五億円もの金は人の心を惑わせる。くれぐれも気をつけて、夜明けのゴールまで頑張ってくれ」

最後にお祖父ちゃんは、労りと励ましの言葉を口にした。

この後、わたしは、サンルームでの宝探しから戻ってきた、大橋さん家族に取り囲まれた。

四人とも疲れた様子で、

「天空の蜜がお日様で、蜂蜜色は金の色だなんて、よく言ってくれたよ。ったく、骨折り損だったぜ」

海斗さんはちっと舌打ちし、

「あたしのせいね、ごめんなさい、海斗、ほんとうにごめんなさい」

静香さんはひたすら謝り、

「そちらのヒントの解釈をお願いします」

汗だくになったらしく、背広を脱いで、ネクタイを外している宗一郎さんは、わたしに頼んできた。

「海斗も、パパ、ママもご苦労さんだったけど、もともと僕は、青子さんのヒントを、聞いてからの方がいいって言ったよ」

道彦さんは相変わらず、空気の読めなさを発揮している。

「短歌はすべて万葉集からのものでした」

わたしが切り出すと、

「会長の趣味は万葉集の研究で、経済界の著名な人たちが集われる、〃万葉交友会〃に入っておられました。〃ますらをぶり〃と評されている、万葉集に古代のロマンを感じてのことです。これには、人麻呂など、早くに逝ってしまった恋人を悼《いた》む歌も多数収録されていて、お若い奥様を亡くされた会長の心の襞《ひだ》に、染みいる歌もあったのでしょう」

夏目さんは大橋さんと万葉集の関わりを、説明した。

「へえ、祖父さん、そんなもんが好きだったのか」

海斗さんは感心まではしていない。

「いつでも、何でも、わたくし、お義母さんと比べられてばかりで――。元をただせば、お義母さん、ホステスさんでしょう? 実家に引け目があるのが一緒なら、血筋のいいわたくしの方が勝ってるはずなのに――」

静香さんは自分の話に持って行き、

「ママのが絶対勝ちだよ、絶対」

道彦さんは心にもないお世辞で調子を合わせ、宗一郎さんが、

「それで、あの三首の歌には何の意味があったのですか？」

ストレートに訊いてきて、わたしはやっと、お宝が何であるかを話すことができた。

「アウイナイトですって？　そういえば、わたくし、出入りの宝石屋に見せられたことがあったわ」

静香さんは見たことがあった。

「綺麗でしたか？」

目にしていないわたしは訊かずにはいられなかった。

「小さかったけど、何というか、光るインクみたいで強烈。値段がびっくりするほど高かったので、忘れるようにしてたんです。常日頃から、お義父様、節約にうるさい方でしたから」

「その祖父さんが十五億円の買い物して、死んでくれたとは、おふくろも辛いやね」

海斗さんは道彦さんに負けずによいしょし、

「宝石屋さんの相田さんをここに呼んだと聞いて、実は僕はぴんと来てたんだ。僕の話も時には聞いてくれたら——」

道彦さんは甘えた声で、ちらと静香さんに非難のまなざしを送った。

「あら、そうだったの？　道彦、ごめんなさい、ごめんなさい」

また静香さんのごめんなさいが始まって、

――二人とも立派な母親キラー。これが自立を阻んでいるのね――

わたしは呆《あき》れた。

「ヒントが出揃ったところで、この先は――」

宗一郎さんが夏目さんに訊いた。

「後はもう何もございません。各々が共通に得ているヒントを元に、お宝のアウイナイトをお探しになるだけです。わかっているのは、アウイナイトは必ず、このフロアーのどこかにあるということです」

夏でではあったが、すでに外は暗く、仏壇のある部屋のシャンデリアが目映い。

――あ、このシャンデリア、もの凄い凝り方。天井には紅葉と牡丹のレリーフ。大橋さん、豊平館のをそっくり真似たんだわ――

わたしは今更のように、大橋さんの豊平館への思いの深さに感じ入った。

「また、探すぞ」

今度はシャツ姿になった宗一郎さんが、家族に声を掛けた。

「どこを？」

道彦さん。

「馬鹿、いるだろ？」

海斗さんがわたしの方へ顎をしゃくった。

静香さんは白いワンピの汚れに目を落として、眉を寄せていたが、

「わたくしも参ります」

三人に従って、部屋を出て行った。

「訊いていいですか？」

わたしは残っている夏目さんを見た。

「内容によります」

「あの、大橋さん、布貼りでアンティーク風の椅子なんかを、お好きでなかったですか？」

豊平館にはルイ王朝風の調度品が多数、大切に保存されている。

「大変お好きでした。それらは宗一郎様のお母様のご趣味でしたが、次の奥様も好まれたので、スキルス性胃癌でお亡くなりになるまで、ずっとご一緒に楽しまれていました。御自分で、納戸に片付けられたのは、先に亡くしてしまった、二人もの妻の思い出がたまらないからという理由でした」

――それで代わりにあのラピスの椅子に――

「思い出の品が、目に入らないようにして、悲しみを乗り越えようとなさったんです」

万葉集との関わりに次いで、夏目さんは感情の籠もった言い方をした。

「その納戸はどこに？」

「この部屋の隣りです。鍵は掛かっておりません」

――わざと鍵を掛けなかったんだ。愛していたのに逝ってしまった相手との思い出は、

辛くもあるけど、時にむしょうになつかしく、抱きしめたくなるものだもの。だから、シャンデリアだけは片付けず、取り替えなかった――

わたしは一度廊下に出て、納戸の扉を開けた。

二十畳ばかりのそのスペースは、納戸というよりも、ミニチュアの豊平館、あるいはその一角だった。

ルイ王朝風の椅子やテーブル、ソファーに加えて、ビクトリア朝を思わせるサイドボードやドレッサー、水差し、燭台《しょくだい》等が部屋を飾っている。

デコラティブな本箱が目についた。

――どんな本があるのかしら？――

近づいてみると、どれも、豊平館について書かれたものばかりだった。

西洋建築物の一つとして頁をさかれている、古くどっしりと重いものから、つい最近、改修後に刷られたと思われる、観光案内に毛の生えたようなものまで集められている。

――大橋さん、豊平館の本のコレクターでもあったんだわ――

全部で二十冊以上ある。

わたしは本の読破を試みることにした。

――お宝の在処は大橋さんの想いと関わっているはず――

この手の本は嫌いではなかったので、収穫こそまだ無かったが、時間だけはするすると過ぎて行く。

「相田様、銀座のうな徳から夕食のうなぎ弁当が届きました。うなぎは会長の大好物でしたので、是非、召し上がってください」

夏目さんが声を掛けてくれたが、

――うな徳からわざわざ、ここまでデリバリー？

さすがお金持ちは違う。たしかにお腹は減ってきたけど、ここは頑張らなくては――

「もう少し待ってください」

わたしは本を読み続けることにした。

どれぐらい時間が過ぎたのか、わたしの頭はじーんと痺《しび》れて、それでいて妙に冴《さ》え始めていた。

豊平館についての知識が洪水のように頭に入り、一部を除いて流れて行く。

二十冊目の〝豊平館のすべて〟まで進んで、あと五冊になった時であった。

開けた章扉に墨字でこんなメモ書きがあった。

瑠璃の装飾、調度品

ツタンカーメン王のマスク

正倉院の紺玉帯

中尊寺金色堂の留め器具

メディチ家の紋章

ルイ十四世の塩入れ

——大橋さんは豊平館のラピスの外壁に拘っていたから、ラピス使いの装飾品や調度品に興味があって当然ね——

——この墨字？——

ここにも、取り付けられているシャンデリアにかざして、しみじみとながめる。

——新しいものだわ。これは単なるメモじゃない。お宝へのさらなるヒント‼——

わたしは〝豊平館のすべて〟の頁をめくった。

——きっと、ラピスの外壁について書かれた頁にも、何か書いているはず——

ところが書かれているはずの墨字は、影も形もなかった。

何度も何度も、めくり返してみたが見当たらない。

——いったい、どういうこと？——

わたしは章扉に戻った。

「ツタンカーメン王のマスク、正倉院の紺玉帯——」

念仏のように書かれている文字を繰り返す。

「装飾品、調度品って書かれてるけど、装飾品じゃないのは、ルイ十四世の塩入れだけじゃない」

——せっかくここまで来たっていうのに、ああ、もう駄目——

ふーっと大きなため息をついて、わたしは腰掛けていたルイ王朝風の椅子から立ち上がった。

お腹がぐうっと鳴る。

──ああ、駄目、駄目──

「腹が減っては戦ができぬ」

わたしは自分に言い聞かせるように独り言を言って、納戸の出口へと向かいかけ、ふと、目線を床に落とした。

床は一面に市松模様の寄せ木細工である。

寄せ木細工とは二百年の歴史を持つ、日本の伝統工芸で、縞《しま》、市松、麻の葉、矢羽根等の日本の伝統模様を色や木目の異なる木片を組み合わせて作りだしたものであった。

──寄せ木細工、たしかここに──

わたしは本箱に戻していた、〝日本の西洋館一〇〇〟という本を取り出した。

頁を繰り続けて、寄せ木細工の文字を探した。

──あった──

そこには次のように書かれていた。

北の鹿鳴館を目指していた豊平館では、当時、床を寄せ木細工で仕上げて、ダンスや社交に華麗な趣きが添えられていたそうである。

「これだ‼」

叫んだわたしは隣りの部屋へと急いで戻った。

宗一郎さんのお母さん、そしてけい子さんと代わる代わるダンスをする大橋さんの姿が目の前にちらついて離れない。

――だから、そうなのですよね。やっぱり、ここしかあり得ないはずなのです――

わたしが心の中で呟くと、軽やかにステップを踏んでいた、若かりし頃の大橋さん、タキシード姿の伊達男がにっこり笑った。

わたしは導かれるように仏壇に近寄り、引き出しを開けた。

思った通り、寄せ木細工の箱が見えた。

――ついに見つけた。この中に絶対――。ああ、でも、寄せ方が不自然。これ秘密箱になってるんだわ――

秘密箱は一定の操作をしないと開けることのできないからくり箱で、寄せ木細工の装飾は、仕掛のための木材の継ぎ目を隠すのに便利なものなのである。

「ついに見つけられましたね」

夏目さんの声がした。

「ええ、でも、中を見ないと、完全に見つけたことにはなりません」

わたしはお祖父ちゃんに電話して、事情を話し、

「とにかく、すぐ、日の出の前に駆け付けて」

ほっとしたとたん、また、お腹が鳴った。

「うなぎのお弁当、レンジで温めてきてさしあげますわ」

静香さんが部屋に入ってきた。

——まだ、おっしゃる必要はありませんよ——

夏目さんが目で伝えてきた。

「お吸い物も温めました」

うなぎの蒲焼《かばや》きのいい匂いが五官を満たす。

「いただきます」

わたしは箸《はし》を取った。

止まらない。

蒲焼きと同じくらい大好きな肝吸いは、喉が渇いていたこともあって、一気に啜《すす》って飲んでしまった。

箸が止まった。

止めたくないのに止まってしまった。力の入らなくなった手から床に落ちる。

猛烈な眠気が襲ってくる。

——どうしたの、これ？——

わたしは膝にのせている寄せ木細工の秘密箱に、手を伸ばそうと必死になった。

だが、それよりも先に、膝の上が寂しくなった。

――持ち去られたんだわ――

わたしは立ち上がって、追いかけようとするが身体が動かない。

――誰か来て――

声に出しては、もう叫べなかった。

どうせ、叫んだところで、ここには一応中立の夏目さんがいるだけで、味方は一人もいない。

もはや、眠気には勝てなかった。

「やれやれ、やっと眠ったわ」

最後にわたしは静香さんの声を聞いた。

――もしかして、わたし、殺される?――

目覚めた時、わたしは青山骨董通りにある我が家の自分の部屋にいた。

時計は午後一時を指している。

――わたし、生きてた。でも、どうしてここに?――

見たことのない高級品のパジャマを着ている。

そのまま、階下に降りて行くと、なんと、あの寄せ木細工の秘密箱が、小野瀬さんのパソコンの隣りに置かれている。

「おはようございます」

小野瀬さんがいつものように挨拶をしてきた。

「おはようございます」

野口君も倣《なら》う。

「お、はよう」

新太が入ってきて、

「大変だったな、青子。大丈夫かい？　アイスコーヒー飲む？」

わたしが頷くと、アイスコーヒーを運ぶために、カフェＫＯＧＡへ一度戻った。

わたしの足音や声を聞いたからだろう。

「やっと目が醒《さ》めたか？」

お祖父ちゃんが階段を下りてきた。

「昨日は、いや、今日の朝は大変だったので、仕事は休みにして、〝ローマの休日〟を観ておった。いいね、何度観ても、オードリー・ヘプバーンは──」

「おふくろが相田さんも青子も朝飯まだだろうからって、これ。疲れてる時はベジタブルサンドに限るんだって」

知史おじさんの淹れてくれたアイスコーヒーを持ってきてくれた新太が言った。

温子おばさんの今時分のベジタブルサンドは、薄切りにした茄子とタマネギのソテーに、アボカド、トマトのスライスがたっぷりと挟んである。

それを見て、急に空腹になってきたわたしは、まずはむしゃむしゃと食べて、アイスコーヒーを啜った。

お祖父ちゃんが食べ終わるのを待って、

「どうして、わたしがあそこからこの家に戻ってるか、話してちょうだい」

詰め寄った。

お祖父ちゃんの話によると、肝吸いに混ぜて、常用している睡眠薬をわたしに飲ませたのは静香さんだった。

「何としても、おまえにお宝を渡したくなかったのだろう」

だが、この様子を夏目さんだけではなく、海斗さん、道彦さんが見ていて、母親がやろうとしていることを止めた。

「殺すつもりまではなかったが、後で、どこか、遠くまで、車で運んで置き去りにするつもりだったらしい」

「わたし、犯罪に巻き込まれかけたのね」

この事実は宗一郎さんも知ることとなり、

「おまえは金で身を滅ぼしたいのか‼　わたしの妻で、子どもたちの母親でいたくないのか？」

静香さんを一喝し、お宝は見つけ出したわたしに渡すと家族に告げた。

静香さんは睡眠薬で熟睡しているわたしを、せめてもの罪滅ぼしと、泣きながら、自分

のパジャマに着替えさせてくれたのだそうだ。

その時、宗一郎さんは妻に釘を刺すのを忘れなかった。

「お宝は返しておくように。といっても、この事情は、目覚めた青子さんにすべて話すからそのつもりで」

急いで迎えに来たお祖父ちゃんは、

「青子は西洋館のような部屋の長椅子で、あの寄せ木細工を抱えて、ぐうぐう眠ってたぞ。宗一郎さんから事情も聞いた。わしがこのまま連れて帰ると言ったので、ハイヤーを呼んでもらった。で、今、青子はここに戻っているというわけだ。あの家でされたことを、警察に届けるかどうかは、おまえ次第だ。アウイナイトをおまえが見つけられたのは、大橋恭三さんのラピスへの想いが、おまえに通じたのだろう」

「あの笑顔――ところで、寄せ木細工の箱は？　アウイナイトは？」

まずはそれが気にかかる。

「野口君がたやすく開けてくれました」

小野瀬さんはパソコンの手を休めずに言った。

「見せて――」

野口君が恭しく蓋の開いたままの秘密箱を差し出す。

「わあーっ、凄い」

ルースは二個あった。

極上のブルーサファイア、10カラット以上はある大粒と、もう一つがたぶん、アウイナイト!!

「比重が軽いのでさらに大きく見えますが、20カラットほどです」

小野瀬さんがさらりと告げる。

深い深いブルーなのに、とにかく鮮やかで、きらきらと奥から湧《わ》き出てくるオーラに圧倒される。

野口君は秘密箱を開けることのできたテクの自慢はしなかったが、

「俺さ、ちゃんと見分けがついたんだよ」

アウイナイトを見極めた眼力を褒めてほしいようだった。

「だって、空や海の色がぎゅっと詰まった石なんて、そうそう、あるもんじゃないから」

「えらーい」

少々、ハイになっているわたしは、危うく、野口君に抱きつきそうな気分になったほどである。

「というわけで、これにて、野口渉君の見習い期間は終了とする」

お祖父ちゃんはうれしそうに笑って宣言した。

大橋さんのお宝のアウイナイトは、その後どうなったか?

お祖父ちゃんは、

「どうするかね？　睡眠薬の一件も含めて、青子が決めることだ」

わたしに一任した。

――あの世の大橋さんのこと、ラピスやアウイを通して、いろいろ知ることができて、とっても楽しかった。大橋さん、遺言ビデオで家族への毒舌炸裂《さくれつ》だったけど、ほんとはとっても、心配だったのだと思う。大橋さんが設定したこのお宝探しは、厳しい試練。軟弱になってる家族に、もう一頑張り、二頑張り、叩き上げの自分を超える、熱意と根性を発揮してもらいたかったのでは？　そんな大橋さんの想いをわたしが独り占めすることはできない――

わたしは誕生石のサファイアだけをいただいて、アウイナイトは大橋家にお返しし、静香さんのことは警察に言わないと決めた。

アウイナイトの入った寄せ木細工の秘密箱は、夏目さん経由で大橋家に渡すことにした。

この日、小野瀬さんと年をとった小野瀬さんが顔を合わせたのだったが、「どうも」と言い合って、頭を下げ合う様子がそっくりで、わたしは吹き出しかけた。

わたしがいただいた極上のブルーサファイアは一千万円で売れたので、借金は九百五十万円に減った。

アウイナイトが大橋家に届いた後、二ヶ月ほどが過ぎて、ハーブガーデンにパイナップルセージの花が咲き誇る頃、宗一郎さんから、お祖父ちゃんとわたしに手紙が届いた。

このたびの一件、いたらないわたくしどものために、ここまでのご配慮をいただき、何と感謝申し上げたらいいのか、言葉もございません。

お宝のアウイナイトは、父が購入した先の方にご紹介いただいて、アメリカ人の熱心なコレクターに買っていただきました。

おかげで、自社株を買い戻すことができました。これで父が生きていた時と同じ、株の過半数以上を維持することが叶います。

おそらく、父はわたしたちを叱咤《しった》激励しようと、このような手の混んだ遺言を残したのでしょう。

アウイナイトの石言葉は高貴、情熱だと知りました。

父の期待に添えるよう、二代目、三代目と親子で大橋食品を堅実に大きく育てて行きたいと思っております。

ありがとうございました。

わたしは久々に庭を歩いてみた。

パイナップルの華麗な香りを花だけではなく、大きく育った葉や茎からも立ち上らせているこのセージは、パイナップルセージとも呼ばれて、真っ赤な花を天に向かって房状につける。

限りなく高く透明な秋晴れの青い空に、パイナップルセージの香や花姿はよく似合う。

この時わたしは大橋家の人たちが天空の赤い華であってほしいと思った。
高貴で情熱的――。

あとがき

　宝石といえばダイヤモンド、せいぜいルビー、サファイア、エメラルドしか知らなかったわたしがさまざまな種類を知って宝石にのめり込むようになったのは、路面店の宝石屋さんに足を踏み入れたのがきっかけでした。

　二十年ほど前のことです。

　その時のスタイルといえば、ショッピングカートを引いて、ざんばら髪にスウェットスーツ、サンダル履き、もちろん、ノーメイク。主婦、母親、作家という三足の草鞋《わらじ》が、すでに軽くはなかった体重以上に、いささか、重く感じられていた頃でもありました。

　分不相応な買い物ではないかと、さんざん迷った末、三足の草鞋で頑張っている自分へのご褒美として、清水の舞台から飛び降りるつもりで、初めて自分で買ったジュエリーは、うっすらとピンクできらきらと輝く大粒のクンツァイトのリング。

　メレダイヤが中石をぐるりと取り囲んでいる様子は、〝ゴージャスです、お買い得です〟と店員さんの一押しでしたが、夢にまでみるほどわたしが惹《ひ》かれたのは、何とも心癒《いや》される中石、桜色のクンツァイトの輝きゆえだったのです。

――まだまだ大丈夫、頑張れる、それなりには輝けますよ――

と微笑《ほほえ》みかけられ、強く励まされたような気もしました。

それからというもの、不滅の色と輝きが織りなす宝石の不可思議な魅力に取り憑《つ》かれたわたしは時間をかけて、どうしたら限られた予算で、より質のいい美しい物が買えるかを、けちけちと模索しつつ、さまざまな種類の宝石を購入してきました。

後に、このクンツァイトはティファニー社の顧問であるクーンツ博士が発見した新宝石で、加熱、トリートメント等の人工的な処置を施すと、鮮やかなライラックピンクに変わるものの、どんな光にも反応して色が褪《さ》めやすく、美しいわりにはリーズナブルな石なのだと知りました。

ちなみにわたしのもとめた桜色は、ライラックピンクに比べると格段の安さです。

これを知って失望しなかったのは、このクンツァイトが、かけがえのない思い出につながっているからです。あの時、挫《くじ》けかけた心を励ましてくれたクンツァイト様‼……。

目的もなく宝石屋さんに足が向くのは、たいてい、挫折《ざせつ》や鬱屈《うっくつ》、悲しみ等、何かで気持ちが落ち込んでいる時です。

宝石は高額なゆえに人々に癒しを与え愛されてきましたが、それ以上に、不滅な美しさの中に強く、優しく、いわく言い難いプラスのパワーを秘めていると思います。

そんな宝石と人生への想《おも》いを、読者の皆様とも共有したくて、わたしはこのシリーズを書きました。

最後にこの場を借りて、わたしの我《わ》が儘《まま》な宝石探訪におつきあいいただいた、以下の方々に感謝の意を捧げたいと思います。

わたしを宝石開眼させてくれたジュエリーツツミ大泉店、宝石の万華鏡のように華麗な銀座の田崎タワー、伊勢志摩の自然林の中に真珠の神がおわしますミキモト真珠島、今は亡きダンディなオーナーの〝オーギー〟、はじめて、ピンクダイヤを目にする機会となった〝ジュエリーオプトン〟、海からの麗しき贈り物を守り続ける珊瑚専門店アートコーラル銀座、五洋珊瑚店、非加熱石の貴重なパパラチアサファイアと巡り合わせてくださったSERAPH&CO、吉祥寺一安いジュエリー店を目指していた、ジュエリーAYA（現在はネット店の〝ジュエリーあや〟）、水晶系やトルマリンの宝石がピカ一の山梨宝石博物館、仕事で立ち寄ることの多かった、新宿のヒルトンホテルの地下にあり、オーナーは山寺に美術館まで建ててしまった〝エスジーGOTO〟。

ネット時代に入ってからは、レアストーンのメッカで、華麗なネット店舗から目が離せない〝ジュエルプラネット〟、非加熱にこだわり続ける〝ストーンハイ〟、ブラックオパールのスペシャリストが店主の〝宝石大陸〟。

お世話になりました。

そして、今回は、今もっとも熱い宝石専門チャンネル、GSTVの今橋徹様（株式会社イマックビーシー代表取締役社長）に、レアストーンの取材や今作品に登場する宝石についての監修で多大なるお力添えを賜りました。

この場を借りて厚く御礼申し上げます。

二〇一四年　一月

和田はつ子

付録 宝石についてのQ&A

Q：宮内順衣
A：和田はつ子

Q：バチカンが大きいとか小さいって言いますけどバチカンって何ですか。ネックレスのどこのことですか。

A：ペンダントをチェーンに通す部分の名称です。ネックレスの留め具のことではありません。

Q：喜《き》平《へい》って何ですか。

A：ネックレスやブレスレットに用いるチェーンのつなぎ方の一種です。たくさんあるつなぎ方の中でも定番の一つで、丸いパーツをねじるようにつないだものです。

Q：カボションって何ですか。

A：昔からあるカット法の一つです。ドーム型になります。

Q：オールノットって何ですか。

A：珠《たま》と珠の間にノットと呼ばれる結び目を一つずつ作る技法で、本真珠のネックレスで使われることが多いです。もちろん目を近づけて、よ〜く見ないと気づきません

宝石についてのQ&A

が。これは真珠同士がぶつかって傷がつくのを防ぐためと、万一糸が切れたとき、飛び散らない用心のためです。

Q：店員さんが「これは花珠《はなだま》です」と薦めてくれましたが、花の形ではありません。花珠って何ですか。

A：「花珠」というのは、形を指す言葉ではなく、あこや真珠の中でも最高品質の粒を指す言葉です。

Q：K18と書いて18金と読むそうですが、Kは金（kin）のKですか。

A：英語のｋａｒａｔ（カラット）のKで、金の純度を示します。たまたま日本語の金（きん）の読み方と似ているからそう思われたのかもしれませんね。

Q：どうして純金をK24というのですか？　純金ならK100とすればいいのに。

A：同感です。ただ実は、この表記の仕方は金の

歴史と関係があります。古代エジプトの時代、つまり紀元前から金には人々が関心を寄せていたのです。その頃は二十四分率（全体を24としての割合）で表しました。1日が24時間というのが一例です。前項でも触れましたが、ｋａｒａｔは純度を表す単位ですので純度１００％（パーセント 百分率 全体を１００としての割合）が24ｋａｒａｔ（24金）といわれるのです。現代では千分率（‰ パーミル 全体を１０００としての割合）を用いて、純金を「１０００」、18金を「７５０」と表してもいます。ちなみに宝石もカラット（ｃａｒａｔ）といいますが、こちらは質量の単位で1カラットは０・２ｇです。

Ｑ：Ｐｔ１０００って何ですか。Ｐｔはプラチナのことだとは思うのですが、１０００はどういう意味ですか。

Ａ：純度１００％（正確に言えば、９９・９％）という意味です。プラチナが貴金属として認知され、今に通じる人気となったのは金よりずっと後の18、19世紀頃だそう

宝石についてのQ&A

で、千分率で表します。ちなみに銀もその純度が千分率で表されています。たとえば、SV1000、SV950などです。千分率は日常生活では、あまり見かけませんが、一部の税金や保険料などでも使用されています。

Q：誕生石は月によって宝石の値段に差がありすぎます。なんだか不公平に感じるのですが。

A：誕生石の決め方には諸説ありますが、バラバラだったものを一九一二年アメリカのジュエリー協会がまとめたと言われています。値段というのは希少性や大きさ、カットの仕方、時代の流れによって複雑に変化します。値段に拘《かかわ》らず、誕生石を身に着けることでその石の美しさを感じ、パワーで魔を除《よ》け、幸せになってほしいと思います。が、どうしても値段を重視するのであれば、石のカットの一級品を探してはいかがでしょうか。比較的安価なアメジスト、シトリン等も宝石彫刻の巨匠ムーンシュタイナー氏の手によるカットで数十倍の価値を持つこともあります。

Q：日本産の宝石は真珠と珊瑚《さんご》以外ないのですか。

A：翡翠《ひすい》、琥珀《こはく》、オパール等も少々ですがあります。また、二〇〇四年にレインボーガーネットと呼ばれる特殊なガーネットがわずかですが、奈良県の天川村で発見されました。レインボーガーネットは世界的にも有名です。

Q：真珠は日本原産の宝石だと思っていましたが、湖水（中国）、南洋とかとどう違うのですか。

A：日本で一般に真珠といわれているのは「あこや真珠」で、本真珠とも呼ばれています。御木本幸吉《みきもとこうきち》氏があこや貝による海水での養殖に一八九三年に成功し、世界的に有名になりましたね。ですから、取引の単位には日本の計量単位匁《もんめ》が使用されています。湖水真珠というのは中国に限らず淡水産で、南洋真珠は白蝶貝《しろちょうがい》、黒蝶真珠は黒蝶《くろちょう》貝で産する真珠です。そのほかにもいろいろあり、種類の違いということです。

Q：成人式で着物を着ます。思いっきり目立ちたいのでお気に入りのネックレスをしようと思っています。でも、お母さんに変だと言われました。着物にネックレスって変なんですか。

A：成人になられるのですね。おめでとうございます。一生に一回のことですから気合が入るのはもっともなことです。お母様のおっしゃる通り正統派としてはネックレスはＮＧです。着物の詰まった衿《えり》にネックレスは似合いません。ですが、指輪《リング》はＯＫ。ほどよい大きさのパールが上品ですが、ほかに誕生石を嵌《は》められても素敵です。

Q：結婚の時、彼のお母さんから長男の嫁だからと家宝?の指輪をもらいました。サイズはぴったりなのですが、何となく汚れています。きれいにするにはどうしたらい

宝石についてのQ&A

いのでしょうか。また、その後の管理とか手入れはどうすればいいのでしょうか。

A：日頃の手入れとしては、着用後メガネ拭《ふ》きクロスのような細かい繊維でできたクロスや宝石用のシリコンクロスで拭いて箱にしまっておきますが、年数を経たものや汚れがひどい場合は宝石店に相談してください。石の種類によってクリーニングできるものとできないもの、また、数種の石で構成されているものは石の種類によってもやり方が異なります。お姑《しゅうとめ》さんからの指輪って、なんかロマンチックですね。本当に妻になったという感じ、認められたという感じですね。

Q：25歳を過ぎたので、これからは本物を買わないと婚活がうまくいかないと、友達から言われました。男性に好感を持たれる宝石を教えてください。

A：ピンク色の宝石はお薦めです。ピンク色を見ると、女性はホルモンの分泌がよくなり血色よく見えるそうです。そういう女性を見ると男性も好ましく思うのではないでしょうか。

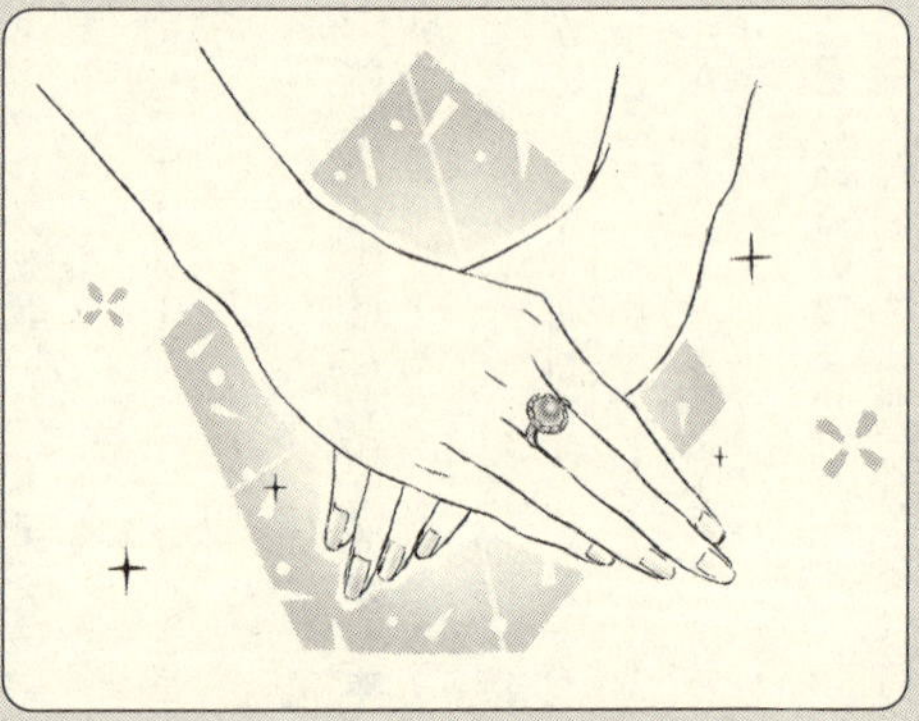

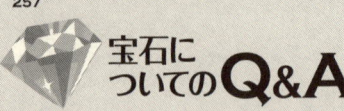

Q：就職して初めてのボーナスで本物の宝石のプチネックレスを買いたいと考えています。お薦めは何でしょう。予算は5万円ぐらいで。

A：ダイヤモンドならばどんな服にも合いやすいので、ファーストジュエリーにお薦めです。予算内で大丈夫です。

Q：彼から指輪をもらいました。ノーブランドです。疑うわけではないのですが、本物かどうか知りたいです。どこへ行けばわかりますか。

A：指輪本体の内側に刻印があるはずですが、正確に知りたいのなら、鑑定機関、例えば上野にある中央宝石研究所などに持ち込む方法があります。有料です。ただ、お気持ちは理解できますが、持ち込んだことを彼が知ったら、どう思うでしょうか。そういうことには拘《こだわ》らず、宝石の美しさと神秘性を愛《め》でてください。お節介ながら。

Q：宝石のアフターサービスって具体的にどういうことがあるのですか。

A：メーカー、宝石店によっても様々でしょうが、サイズ直し、クリーニング、破損の直しなどがあります。購入時に確認してください。

Q：素人でもわかる本物と偽物の見分け方を教えてください。

A：残念ながら、宝石に関しては鑑定士などの専門家でないと難しいですね。

宝石についてのQ&A

Q：彼女に宝石をプレゼントしようと思います。指輪だと意味深にとられてしまうかもしれないので、ペンダントにしようと思います。どんなものがよいでしょうか。

A：誕生石がお薦めです。ちなみに日本ジュエリー協会によれば、一月 ガーネット、二月 アメジスト、三月 アクアマリン・珊瑚、四月 ダイヤモンド、五月 エメラルド・ジェイダイト（翡翠）、六月 真珠・ムーンストーン、七月 ルビー、八月 ペリドット・サードオニックス、九月 サファイア、十月 オパール・トルマリン、十一月 トパーズ・シトリン、十二月 トルコ石・ラピスラズリです。

Q：彼女の誕生日に指輪をプレゼントしたいと思っています。内緒にしておいてびっくりさせたいのですが、サイズがわかりません。サイズが合わなかった時は取り替えてもらえますか。

A：サイズ直しという方法がありますが、購入の際に確認するのが賢明です。なぜなら、デザインによってはサイズ直しができないからです。

Haruki Bunko
ハルキ文庫

わ 1-25

青山《あおやま》骨董《こっとう》通《どお》りのダイヤモンド 青子《おうこ》の宝石事件簿《ほうせきじけんぼ》❷

著者 和田《わだ》はつ子《こ》

2014年1月18日第一刷発行

発行者 角川春樹

発行所 株式会社角川春樹事務所
〒102-0074 東京都千代田区九段南2-1-30 イタリア文化会館

電話 03(3263)5247(編集)
03(3263)5881(営業)

印刷・製本 中央精版印刷株式会社

フォーマット・デザイン 芦澤泰偉
表紙イラストレーション 門坂 流

ISBN978-4-7584-3799-8 C0193 ©2014 Hatsuko Wada Printed in Japan
http://www.kadokawaharuki.co.jp/[営業]
fanmail@kadokawaharuki.co.jp[編集] ご意見・ご感想をお寄せください。

主な登場人物紹介

CHARACTER LIST

古賀新太
こが・あらた

青子と同い年の幼馴染。現在フリーター。

小野瀬実人
おのせ・さねと

ジュエリー経営コンサルタント。相田宝飾店の助っ人。

古賀温子
こが・はるこ

新太の母。相田宝飾店の隣でカフェを営んでいる。

相田輝一郎
あいだ・てるいちろう

76歳。青子の祖父。宝石職人。

相田青子
あいだ・おうこ

25歳。相田宝飾店の跡とり娘。勤め先をリストラされて、家の仕事を手伝っている。

相田宝飾店とは

HISTORY OF AIDA JEWELRY SHOP

初代店主である相田石《いし》右衛《え》門《もん》は、勝海舟が随行した万延元年遣米使節団の軍艦奉行木《き》村《むら》摂《せっ》津守《つのかみ》喜《よし》毅《たけ》に仕える微禄の武士で、渡米につき従った。そして、パーティーの席上、主《あるじ》摂津守がブキャナン大統領側から贈られた、5カラットのダイヤモンドのまばゆい輝きに魂を奪われて、刀を捨てた維新後は宝石商に転じたのである。摂津守が日本にもたらしたこのダイヤモンドは、日本におけるダイヤモンドの事始めである。

JEWELRY LIST

写真提供:宝石専門チャンネルGSTV

デマントイドネックレス
DEMANTOID NECKLACE

デマントイドガーネット
DEMANTOID GARNET

レッドベリルリング
RED BERYL RING

アウイナイト
HAUYNITE

宝石図鑑

ピンクダイヤモンド
PINK DIAMOND

イエローダイヤモンドリング
YELLOW DIAMOND RING

アヤナスピネルペンダントトップ
SPINEL PENDANT TOP

青山骨董通りの
ダイヤモンド

青《おう》子《こ》の宝石事件簿2

和田はつ子

ハルキ文庫

角川春樹事務所